Diogenes Taschenbuch 22407

de
te
be

Georges Simenon

Der Erpresser

Roman

Deutsch von
Linde Birk

Diogenes

Titel der Originalausgabe:
›Oncle Charles s'est enfermé‹

Umschlagfoto: Arnaud Legrain

Deutsche Erstausgabe

100/91/43/1
ISBN 3 257 22407 9

I

Es war die Jahreszeit, zu der es schon um vier Uhr dunkel wird.

Laurence stieg gleichzeitig mit dem Fahrer aus, der die Oberleitungsstange der Straßenbahn auf die andere Seite drehte, um wieder zurückzufahren. Und wie immer sah Laurence genau vor sich die rote Ampel am Bahnübergang, die an ihrem Horizont so groß war wie der Mond am Himmel. Sie stieß das Seitentürchen für Fußgänger auf, dieses war naß und kalt (es hatte wohl geregnet, während sie bei Céline gewesen war); sie spähte nach beiden Seiten in die Dunkelheit, aus der Signale blinkten, bedrohliche Geräusche und Dampfspritzer kamen.

»Los, schnell!« schrie ihr ein Mann zu, der eine kleine Fahne in der Hand hielt.

Hier mußte man allzu viele Gleise überqueren, vier oder fünf, und es gab immer rangierende Züge, alles nur Kesselwagen der Erdölraffinerien.

»Eines schönen Tages muß ja ...«

Das sagte sich Laurence jedesmal, wenn sie die Gleise überquerte und dann erleichtert das Seitentürchen gegenüber aufmachte. Von da an war alles ruhig, fast leer – eine Straße mit Häusern, die alle gleich aussahen, Blick auf Gaslaternen und nicht mehr als zwei Schaufenster, die nicht einmal richtige Schaufenster waren, sondern schmale Auslagen, wie meist in den Vororten, wo die Geschäfte in Wohnhäusern untergebracht sind.

Fast hätte sie vergessen, bei Josse, dem Wurstwarenhändler, einzutreten. Sie kehrte um, da sie an dem Haus schon vorübergegangen war. Die Ladenklingel ertönte, Madame Josse kam auf ihren kurzen Beinen von ganz hinten.

»Geben Sie mir ein Viertel Leberpastete.«

»Regnet es immer noch?«

»Es hat aufgehört, als ich noch bei meiner Schwester war. Sind die Schweinsfüße frisch?«

»Von heute früh.«

»Dann geben Sie mir einen halben, außer mir ißt das bei uns niemand.«

Nur drei Häuser weiter wohnte sie. Während sie in ihrer Tasche nach dem Schlüssel kramte, sah sie schon mal durchs Schlüsselloch und wußte daher, daß noch niemand zu Hause war, denn hinter der Mattglasscheibe der Küchentür am Ende des Flurs war kein Licht zu sehen.

Das Feuer war nicht aus, wenigstens das, man merkte es an der sanften Wärme, die einen gleich beim Hereinkommen umhüllte. Noch bevor sie Mantel und Hut ablegte, schürte Laurence den Ofen, legte Kohle nach, machte die Klappe auf und goß lauwarme Milch in die Untertasse der Katze. Dann warf sie einen Blick auf den Wecker, der auf dem Kaminsims stand und kurz vor sieben zeigte.

Laurence hetzte sich nie; sie war zu dick, zu schlaff, geriet zu schnell außer Puste; die andern kamen ja ohnehin erst, wenn das Abendessen fertig war!

Während sie die Leberpastete auf einen Teller legte, probierte sie ein Stückchen, dann holte sie den Käse aus dem Fliegenschrank, der neben dem Oleander hing.

Die Küchen in dieser Straße waren alle gleich, klein und ebenerdig am Ende des Flurs, der auf ein Höfchen hinausging, in dessen Hintergrund die Klos lagen.

Nur bei den Dupeux war sie anders, weil der frühere Mieter, ein Fotograf, den Hof hatte verglasen lassen. So war ein merkwürdiger Raum entstanden, der zur Hälfte eine normale Decke hatte und zur anderen Hälfte mit Glas überdeckt war; die Wände der Hofseite bestanden aus Ziegelsteinen, die man einfach nur gestrichen hatte. Wenn es Sterne am Himmel gab, konnte man sie über dem Tisch erblicken, und die beiden Oleander in ihren grüngestrichenen Holzkübeln standen noch immer in den Ecken.

Laurence hatte Lust, noch etwas zu essen. Wenn sie allein war, hätte sie am liebsten immerzu gegessen. Aber da ging die Haustür auf. Sie sah sich um. Es war Camille, die ihr Fahrrad in den Flur schob und vor der Garderobe aus Bambus ablegte.

»Ist das Essen schon fertig?« fragte sie, als sie die Küchentür aufmachte.

»Du kannst essen, wenn du willst. Du siehst ja, daß noch niemand zu Hause ist.«

Fröstelnd streckte Camille – von der Céline behauptete, sie sei wegen ihrer Blutarmut so kälteempfindlich – ihre blassen Hände über dem Ofen aus. Sie trug einen marineblauen Rock und einen hellblauen Pullover, den sie selber gestrickt hatte.

Man hörte ein Klappern am Briefkasten.

»Lulu hat wieder ihren Schlüssel vergessen!«

Tatsächlich kam Lulu, die Jüngste, in ihrem allzu engen schwarzen Kleid, unter dem sich ihr magerer Körper abzeichnete. Sie hatte Wassertropfen auf dem Haar.

»Regnet es wieder?«

»Es hat wieder angefangen...«, brummte Lulu nur und schnitt sich ein Stück Leberpastete ab. »Ist das alles, was es zum Essen gibt?«

Sie war Verkäuferin in einem Schuhgeschäft im Stadtzentrum und konnte einen leichten Ledergeruch nicht loswerden. Camille hingegen arbeitete bei einer Korsettfirma.

»War dein Vater nicht in der Straßenbahn?«

»Dann wäre er ja jetzt wohl hier!«

Damit setzte sich Lulu in einen Korbsessel und blätterte in einer Filmzeitschrift.

Jetzt fehlte nur noch eine, Mauricette, die von allen am besten angezogen war. Als sie in die Küche kam, sagte sie kein einziges Wort, sondern setzte sich an den Tisch, als wäre sie entschlossen, allein zu essen, wenn die andern sich nicht dazu bereitfanden.

Zehn Minuten nach sieben. Noch immer hörte man das Pfeifen, das Rangieren von Zügen an der Fabrik und das Aufeinanderprallen von Waggons.

»Da kommt er!« verkündete Laurence, nachdem die Haustür wieder aufgegangen war.

Mechanisch sah sie sich um. Das war eine Gewohnheit. Eine Laterne mit bunten Glasscheiben beleuchtete den Flur, der einen gelblichen Anstrich mit Marmorimitation hatte. In der Mitte führte eine Treppe hinauf.

»Er hat Pakete dabei«, fuhr sie erstaunt fort.

»Für wen ist dieser Schweinsfuß?« fragte Lulu, während sie sich an den Tisch setzte.

Aber ihre Mutter sah immer noch auf den Flur hinaus.

»Was ist denn los mit ihm?«

In der Tat geschah etwas sehr Erstaunliches. Statt Mantel und Hut an der Garderobe abzulegen, ging Charles Dupeux, ohne auch nur einen Blick auf die Glastür zur Küche zu werfen, die Treppe hinauf. Man konnte seine etwas hastigen Schritte hören. Er hielt auf dem Treppenabsatz des ersten Stockwerks nicht ein.

»Der wievielte ist denn heute?« fragte Laurence mit einem Blick auf den Kalender. »Der 12. ..., da hat doch keiner von uns Geburtstag?«

Das wäre wenigstens eine Erklärung gewesen. Der Vater hätte Geschenke haben können, die er in der Mansarde verstecken wollte.

Laurence regte sich nicht auf. Sie nahm die Dinge meist von ihrer komischen Seite, vor allem, wenn es um ihren Mann ging. Um besser horchen zu können, öffnete sie die Tür einen Spaltbreit und blieb auf der Schwelle stehen.

»Was hat er denn wieder?«

Daraus war zu schließen, daß man bei Charles Dupeux immer auf die überraschendsten Dinge gefaßt sein mußte.

Im zweiten Stock gab es aber nur einen Dachboden und eine Mansarde.

»Bestimmt findet er den Lichtschalter nicht...«

Denn man hörte ihn da oben, von seinen Paketen behindert, an den Wänden und Türen herumtasten!

»Ich esse jetzt!« beschloß Lulu.

Mauricette kaute bereits lustlos, als ekle es sie an, daß keine Decke auf dem Tisch lag. Inzwischen begann das Kaffeewasser zu kochen.

»Ich möchte doch wissen, was er da treibt...«

Er hatte nicht die Mansarde betreten, sondern den Dachboden. Der Fußboden war dünn, und die Schritte hallten im ganzen Haus wider. Dann, nach den Schritten, war ein Lärm zu hören, als würden Möbelstücke und anderes Gerümpel hin und hergeschoben.

»Lulu... Sieh doch mal nach, was dein Vater...«

»Warum denn ich?«

»Warum denn nicht du?« erwiderte Mauricette.

Lulu ging mit vollem Mund hinaus und schwang dabei die Hüften, wie sie es sich seit ein paar Wochen angewöhnt hatte.

»Bist du da, Papa?... Papa!... Antworte doch!... Was machst du da?«

Die anderen horchten von unten. Laurence hätte am liebsten gelacht, so absurd war die ganze Situation.

»Was treibt er bloß?« fragte sie wieder.

»Papa!... Papa!...«

Lulus Stimme veränderte sich, sie klang ängstlicher. Das junge Mädchen schlug gegen die Tür und versuchte, sie aufzustoßen.

Schließlich kam sie mit berunruhigtem Blick und aufgelöstem Haar angelaufen.

»Was hat er gesagt?«

»Nichts... Er antwortet nicht...«

»Weißt du, was er macht?«

»Er rückt Möbel ...«

Sie sah ihre Schwestern und ihre Mutter an, diese regte sich am wenigsten auf und hätte noch immer am liebsten gelacht.

»Ich habe ja schon immer gesagt, daß er früher oder später einmal überschnappt ...«

»Mama!«

»Ja, was denn? Kann ich vielleicht etwas dafür, wenn er sich in den Kopf gesetzt hat, sich auf dem Dachboden einzuschließen? Wenn er genug hat, wird er ja wieder herunterkommen ...«

Sie setzte sich zu Tisch, legte den Schweinsfuß auf ihren Teller und nahm reichlich Senf. Nur Lulu, die von den Geräuschen hinter jener Tür noch ganz verwirrt war, blieb stehen.

»Du solltest einmal nachsehen«, sagte sie zu Mauricette.

Erstaunlicherweise ging Mauricette ohne Widerrede, sie, die grundsätzlich nie tat, worum man sie bat.

»Bist du da, Vater? ... Mach auf ...!«

Camille sah auf die Uhr. Lulu bemerkte es.

»Gehst du noch weg?«

»Ich muß zu meinem Stenokurs.«

Was war bloß in sie gefahren, daß sie mit zwanzig plötzlich noch mit Steno anfing, wo sie doch in der Korsettbranche war!

»Vater! ... Sag doch wenigstens was ... Was machst du da? ... Vater! ...«

Eine ganze Weile war es still. Dann hörte man Mauricette herunterkommen, sie blieb unter der Lampe mit den bunten Scheiben stehen, um einen Zettel zu lesen. Dann kam sie in die Küche zurück und legte einen Papierfetzen auf den Tisch.

»Hier!« seufzte sie.

»Was ist das?«

»Ein Zettel, den er unter der Tür durchgeschoben hat.«

Lulu las vor:

»Laßt mich gefälligst in Ruhe!«

Und Laurence brach in ein leicht nervöses Lachen aus. Wenn sie lachte, zitterte ihr ganzes blasses Fleisch, und ihre großen Brüste hüpften unter der Bluse. Sie hatte sich stets geweigert, einen Büstenhalter zu tragen, weil sie behauptete, daß er sie einenge. Wahrscheinlich mußte man deshalb an lauwarme Milch denken, wenn man sie ansah. Sie war blond. Ihre Haare hielten nicht. Und auch ihre Hüte hielten nicht auf ihren Haaren, und alle Kleider saßen schief an ihr.

»Wie Sie wünschen!« sagte sie hohnlachend.

Camille hingegen sah dauernd auf den Wecker. Sie überlegte, ob sie es wagen sollte...

»Worauf wartest du noch?« stieß Lulu hervor. »Man sieht dir ja an, daß du es eilig hast...«

»Ich muß um acht in meinem Kurs sein...«

»Ja und? Hält dich hier vielleicht jemand auf?«

Laurence wurde nicht gefragt. Ihre Töchter machten, was sie wollten.

»Gehst du noch weg?« fragte Camille Mauricette.

»Jetzt nicht!«

Mauricette mußte sich nun nämlich umziehen. Aber nicht, um in einen Stenokurs zu gehen. Eine Viertelstunde lang hörte man sie in ihrem Zimmer hin und her gehen, und ihre Parfümschwaden waren bis in den Flur zu riechen. Sie hütete sich, noch einmal in die Küche zu kommen, niemand brauchte ihr geschminktes Gesicht zu sehen.

»Mauricette!« rief ihre Mutter.

»Was?«

Sie hatte schon die Klinke der Haustür in der Hand und fürchtete, aufgehalten zu werden.

»Du solltest bei Onkel Henri vorbeigehn...«

»Warum denn?«

»Um ihn zu fragen, ob da was mit deinem Vater war...«

»Gut...«

»Hast du verstanden?«

Sie war schon draußen, und die Tür fiel ins Schloß. Nun war nur noch Lulu da, aber auch sie nicht mehr für lange.

»Wohin gehst du?« fragte ihre Mutter, als sie sah, wie Lulu die Mütze aufsetzte.

»Ins Kino!«

»Hast du Geld?«

Einen Augenblick lang wurden die Pupillen in Lulus schmalem Gesicht starr, aber nur ganz kurz, dann stammelte sie leise, als wäre es eine Lüge:

»Ja...«

Draußen nahm sie nicht die Straßenbahn, denn sie hatte kein Geld. Sie hastete über die Schienen am Bahnübergang, während ein großes rundes Licht keuchend näherkam. Das Seitentürchen fiel zu.

»Eines schönen Tages muß ja...«

Sie ging schnell. Ihre allzu hohen Absätze schlugen hart auf das Pflaster. Sie ließ ihren Mantel flattern, und unter ihrer Mütze rutschten ein paar Härchen heraus

Sie war fast allein auf dem Trottoir. Von Zeit zu Zeit gab sie eine Silbe von sich, denn sie führte halb im Kopf und halb ausgesprochen ein Selbstgespräch. Sie überquerte die Boïeldieu-Brücke. Genau am anderen Ende löste sich eine Gestalt aus der Dunkelheit, und ein Männerarm schob sich unter den ihren.

»Komme ich zu spät?«

»Nur fünf Minuten ...«

Sie änderte ihren Gang und paßte sich den Schritten des Mannes an.

»Haben deine Eltern nichts gesagt?«

Darauf sie, nachdem sie wieder zu Atem gekommen war:

»Was wird gespielt?«

»Ich weiß nicht... ist mir auch egal...«

Sie betraten die hellerleuchtete Kassenhalle eines Kinos, und Lulu wartete allein, umgeben von Leere, während ihr Begleiter sich an der Kasse anstellte.

Laurence saß in ihrer Küche mit der Katze, die es sich im Korbsessel bequem gemacht hatte, noch immer am Tisch. Sie ließ sich Zeit mit dem Essen und las dabei die vor ihr ausgebreitete Zeitung. Hin und wieder hob sie den Kopf und horchte. Sie hatte die Tür halb offen gelassen. Von oben konnte man Geräusche hören, aber es war fast unmöglich, sie zu deuten. Auf dem Dachboden gab es alles mögliche, die Wiege der Kinder und ihr Stühlchen, Kisten, ein eisernes Bettgestell und allerlei Plunder, den der Fotograf in dem Haus zurückgelassen hatte. Es hörte sich gerade so an, als wollte Charles all dies jetzt aufräumen! Bemühte er sich denn nicht, jetzt auch noch das große Buffet zu verrücken, das damals vier Männer nur mit größter Mühe nach oben geschleppt hatten?

Ob sie wollte oder nicht, mußte Laurence immer wieder lächeln, wenn sie sich vorstellte, wie ihr Mann jetzt mit diesen Möbelstücken zu kämpfen hatte.

Camille hingegen hatte nicht die Boïeldieu-Brücke überquert. Sie war in einer menschenleeren Straße unter einem Portikus verschwunden und hatte dann hinten in einem feuchten und schlecht gepflasterten Hof einen Raum betreten, in dem etwa zehn junge Mädchen an Schreibpulten saßen. Dies war im unscharfen Licht einer nackten Glühbirne die triste, nüchterne Abendschule für Stenografie.

»Setzen Sie sich, Mademoiselle Dupeux ...«

Ein großer junger Mann lief mit einem Heft in der Hand zwischen den Tischen umher und diktierte.

»Ich fange für Sie noch einmal von vorne an ... Sind Sie soweit ...? Wie bitte ...?«

»Meine Mine ist abgebrochen ... Entschuldigen Sie bitte ...«

»Wir warten, bis Mademoiselle Dupeux soweit ist ... Haben Sie kein Taschenmesser?«

Sie hatte sich nicht Zeit gelassen, den Mantel abzulegen, bald würde es ihr zu heiß werden, denn sie saß genau neben dem gußeisernen Ofen. Mauricette hingegen war nicht sehr weit gegangen: Nur bis zur Straßenecke! Sie hatte stirnrunzelnd und mit wachsender Wut gewartet, fünf Minuten, zehn Minuten ...

»Wenn er nicht bis...«

Josses Schaufenster war noch erleuchtet, dasjenige des Lebensmittelhändlers, der auch Gemüse verkaufte, etwas weiter vorn ebenfalls. Die Schranke am Bahnübergang ging hoch, um eine Reihe von Autos durchzulassen, hinter deren Scheiben man blasse Gesichter wahrnehmen konnte. Die Straßenbahn wartete.

Schließlich machte sie ein paar Schritte bis an die Bordsteinkante. Ein großer Wagen hielt an. Jemand streckte ihr eine Hand entgegen, und sie bückte sich, um einzusteigen. »Entschuldigen Sie vielmals... Meine Frau fand kein Ende... Böse?...«

»Könnten wir zuerst an den Place du Vieux-Marché? Ich muß dort bei meinem Onkel etwas erledigen...«

Das Auto glitt dahin, überquerte die Brücke; eine Hand streichelte Mauricettes Knie.

»Haben Sie da lange zu tun?«

»Jetzt sind Sie dran mit warten!« erwiderte sie und stieg am Place du Vieux-Marché aus dem Auto.

Gleichzeitig hob sie den Kopf und sah durch die Vorhangritzen im ersten Stock orangerötliches Licht, das ihr, weiß Gott warum, stets vornehmer erschienen war als jedes andere.

Es gab drei Türen, eine zum Geschäft, dann das Tor, das zum Hof führte, und schließlich die Wohnungstür aus heller Eiche mit Messingverzierungen.

Ihr Onkel Dionnet hatte an der Ecke der Rue aux Chaux drei Häuser aufkaufen und einreißen lassen müssen, um dieses hier zu bauen, in dem sich der bedeutendste Lebensmittelgroßhandel von ganz Rouen befand.

Die Klingel schrillte. Ein Dienstmädchen kam von weit her, um die Tür zu öffnen.

»Sie sind es, Mademoiselle Mauricette«, sagte sie.

Und Mauricette bemerkte sofort, daß sie ihre festliche Aufmachung mit gestärktem Kragen und Häubchen trug.

»Ist Besuch da?«

»Freunde von Mademoiselle... Aber Sie können trotzdem heraufkommen...«

Im ganzen Haus roch es nach Kaffee und nach Zimt, vor allem nach Zimt.

»Ist mein Onkel da?«

»Er ist im Salon...«

»Sagen Sie ihm bitte, daß ich ihn kurz sprechen möchte...«

»Wollen Sie nicht hereinkommen?«

Nein! Man könnte sie vielleicht aufhalten, und unten wartete das Auto. Und dann war sie hier auch fehl am Platz! Sie wartete in einem unbeleuchteten Vorraum. Durch eine angelehnte Tür drang Musik und Lachen sowie ein wenig von jenem besonderen orangerötlichen Licht, das im Salon der Dionnets herrschte.

Onkel Henri ließ nicht lange auf sich warten. Er war von untersetzter Gestalt und hatte ein spitzes Kinnbärtchen, das wie aus Blech ausgeschnitten wirkte, so starr und glänzend war es.

»Was gibt es denn, Mauricette?«

»Mama schickt mich, um zu hören, ob etwas mit Papa vorgefallen ist...«

Er roch nach Zigarren und Likör. Seine Backenknochen waren rosig, wie immer, wenn er zu viel gegessen hatte. Er trug seine schwarze Krawatte und die gestärkte Hemdbrust mit den Goldknöpfen.

»Was soll denn vorgefallen sein?«

Denn Charles Dupeux arbeitete als Buchhalter bei seinem Schwager.

»Ich weiß nicht... Er ist mit Paketen beladen nach Hause gekommen und dann gleich hinaufgegangen, um sich auf dem Dachboden einzuschließen... Er hat mir einen Zettel unter der Tür durchgeschoben, auf dem stand, daß er seine Ruhe wollte... Mama hat gedacht...«

Henri Dionnet wurde frostig. Er hatte mit einem Schlag seinen geschäftsmäßigen Gesichtsausdruck.

Was hatte sich seine Schwägerin bloß gedacht? Daß er Charles verärgert haben könnte, natürlich! Immer diese Empfindlichkeit, als wäre es nicht schon genug, daß er ihn aus Mitleid bei sich arbeiten ließ.

»Ich habe nichts mit deinem Vater gehabt...«

»Dann ist es ja gut.«

»Willst du nicht einen Moment hereinkommen?«

Er wollte es nicht wirklich, das wußte sie.

»Nein, danke.«

»Sag deiner Mutter, daß ich nichts weiß... Du findest ja den Weg allein hinaus...«

Unten klopften zwei in Wildlederhandschuhen steckende Hände auf das Lenkrad. Dann öffnete eine Hand den Wagenschlag.

»Sollen wir nicht zum Nachtessen nach Le Havre fahren? Ich habe da von einer neuen Kneipe gehört...«

Das Auto glitt dahin, drang draußen vor der Stadt in

die Dunkelheit ein, seine Scheinwerfer beleuchteten zwei Baumreihen.

Laurence wartete, bis Schlafenszeit war, denn dick und kurzatmig wie sie war, konnte sie ja nicht umsonst die Treppe hinauf. Sie löschte die Lichter, mit Ausnahme der Flurleuchte, schöpfte im ersten Stock Atem und schlich dann in den zweiten Stock hinauf.

»Charles, bist du da? ... Sei doch kein Kindskopf! ... Ich weiß genau, daß du da bist ... Oder willst du mir vielleicht angst machen ...«

Sie hatte tatsächlich ein wenig Angst, und die konnte sie auch nicht ganz verbergen.

»Du wirst es ja nicht so weit kommen lassen wie Onkel Guillaume ...« Sie horchte, konnte aber nichts mehr hören. Mit Onkel Guillaume war nämlich ungefähr das gleiche geschehen, nur war das auf dem Land gewesen, auf einem Bauernhof in der Nähe von Bréauté. Er war eines Abends vom Pferdemarkt zurückgekehrt, hatte seine Stute ausgeschirrt, hatte ihr den Hafer zum Fressen gegeben und den Karren aufgeräumt. Durch die Fenster des Bauernhauses mit den kleinen Scheiben konnte man ihn im dunklen Hof wie ein Gespenst hin und hergehen sehen. Die Großmutter hatte die Suppe in die Terrine geschüttet. Man hatte nur deshalb noch niemanden bedient, weil es zu jener Zeit undenkbar gewesen wäre, daß sich jemand vor dem Familienoberhaupt ausschöpfte. Aber die Kinder knabberten bereits an ihrer Brotscheibe herum.

»Was macht er denn so lange?« hatte Elise, Guillaumes Frau, gefragt. »Es hat doch nicht geregnet ...«

Denn bei Regen hätte er mehr Zeit gebraucht, um die Stute abzureiben.

»Sieh doch mal nach, Kleiner...« hatte die Großmutter den Jüngsten aufgefordert.

Er war gegangen. Er war angelaufen gekommen und hatte immer wieder gesagt:

»Papa!... Papa!...«

Während sie vor der dampfenden Suppe auf ihn gewartet hatten, hatte sich Guillaume in der Box neben seiner Stute, die weiter ihren Hafer fraß, erhängt. Warum, wußte man nicht. Man dachte zuerst, daß er vielleicht in Geldschwierigkeiten steckte. Aber keinesfalls! Er hatte einem fünfzehnjährigen Mädchen, das in einem Gasthaus in Bréauté arbeitete, ein Kind gemacht, und die Kleine war gestorben, als sie versuchte, es loszuwerden. Wenn er sich nicht erhängt hätte, wäre er im Gefängnis gelandet. Zwei Jahre, mehr nicht, hatte ein Anwalt behauptet!

Laurence horchte auf das leiseste Knacken.

»Du kannst mir keine angst machen... Ich höre ja, wie du dich bewegst... Bist du verrückt geworden? Charles!«

Sie redete mit sich selber, lachte, versuchte, sich Mut zu machen.

»Daß du nicht bist wie alle andern, habe ich ja schon lange gewußt... Aber mußt du dich jetzt auch noch tot stellen...«

Sie klopfte auf Holz. Sie hatte aus Versehen das Wort ausgesprochen.

»Du bleibst stur?... Wie du willst... Der Hunger wird dich schon noch heraustreiben...«

Unter der Tür schien Licht durch. Aber durch das Schlüsselloch konnte sie, obwohl dieses groß war, überhaupt nichts sehen. Es stand etwas dahinter. Als sie an der Tür rüttelte, spürte sie einen großen Widerstand, und sie überlegte, daß ihr Mann wohl das große Buffet davorgeschoben hatte.

»Wie du willst... Gute Nacht, Alter... Kannst deine Späße allein treiben...!«

Sie ging in ihr Schlafzimmer hinunter, zog mit einem Seufzer der Erleichterung die Kleider aus, vor allem den Hüftgürtel, der auf ihrem Bauch Druckspuren hinterließ. Endlich hatte sie einmal das ganze Bett für sich. Trotzdem schlief sie nicht gleich ein. Sie starrte an die Decke. Von der Gaslaterne und vor allem von der elektrischen Beleuchtung an der Bahnlinie drang Licht durch die Vorhänge. Dann stieß sie hervor:

»He... Charles... So komm doch endlich... Sei kein Kindskopf!...«

Sie dachte an eine Menge Dinge, und ihre Gedanken rasten immer schneller, dann hörte sie die Haustür gehen und ein Ächzen des Kleiderständers im Flur.

»Mama, schläfst du schon?«

Camille stand in der Tür.

»Nein...«

»Ist er immer noch da oben?«

Camille betrat das Schlafzimmer, ohne Licht anzumachen.

»Hört man ihn noch?«

»Na ja! Er rührt sich immer wieder. Wenn er auf dem Boden schläft, kann ich ihm ja nur Glück wünschen.«

»Gute Nacht...«

»Gute Nacht, Camille...«

Was sie nicht wußte, und was ihr im übrigen auch völlig gleichgültig gewesen wäre: Der Stenografielehrer hatte Camille gerade bis vor die Tür begleitet.

»Sie sind wieder sehr streng mit mir gewesen...«

»Verstehen Sie denn nicht, daß ich das absichtlich mache?«

Laurence lag bereits im Halbschlaf, als dann auch Lulu nach Hause kam. Aber Lulu war nicht in ihr Schlafzimmer gekommen, sie hatte nur an allen Türen gehorcht, um herauszubekommen, ob sie die letzte war, dann hatte sie ihre Schuhe ausgezogen, war dort hinaufgestiegen und hatte ganz leise gefragt:

»Papa...«

Charles hatte sich gerührt, aber nicht geantwortet.

»Schläfst du?« hatte Lulu dann Camille gefragt, mit der sie das Zimmer teilte.

»Ja...«

»Ist Mauricette schon zurück?«

»Noch nicht...«

»Sie übertreibt es! Weißt du, daß er verheiratet ist? Ich habe sie schon gewarnt, wenn sie nicht aufhört, sage ich es Papa...«

»Laß mich schlafen...«

Camille schlief tatsächlich. Sie hatte den Eindruck, lange geschlafen zu haben und dann plötzlich aufzuwachen und ihre Schwester auf dem Bett vor sich sitzen zu sehen, wie sie ihren Bauch betrachtete.

»Was machst du da?«

»Nichts...«

»Dann leg dich jetzt hin...«

Züge fuhren vorüber, ihr aggressives Pfeifen gellte in der Nacht schärfer, Eisen prallte auf Eisen, sie rangierten dampfspuckend und mit quietschenden Bremsen pausenlos hin und her.

»Camille!«

Zu spät! Camille, die sich zu einer so dicken und sanftmütigen Person wie ihre Mutter entwickelte, von der sie auch die weiße Haut geerbt hatte, war in die feuchte Wärme ihrer Decken gehüllt wieder eingeschlafen.

Lulu hingegen fand keinen Schlaf. Sie starrte auf die Lichtstreifen an der Decke. Sie hörte, wie das Auto jenseits des Bahnübergangs hielt, die Tür zufiel, rasche Schritte sich näherten und sich endlich der Schlüssel im Schloß drehte.

Nun waren alle Töchter zu Hause, außer Marie, der Ältesten, die vor zwei Jahren weggezogen war. Mauricette zog ihre Schuhe auf der Fußmatte im Erdgeschoß aus und stieß die Tür lautlos auf.

»Mauricette!«

»Pst!«

»Wieviel Uhr ist es?«

»Wozu willst du das wissen?«

Die Tür zwischen den beiden Zimmern blieb immer offen.

»Ich kann nichts mehr hören von dort oben ...«

Oder doch! Genau in diesem Augenblick knackte es leicht an der Decke.

»Schlaf jetzt!« befahl Mauricette.

»Warum gehst du nicht ins Bett?«

»Sei still ...«

Laurence drehte sich um, und die beiden jungen Mädchen schwiegen jetzt. Eine Weile herrschte Ruhe. Mauricette schlief allein in dem Zimmer, das sie früher mit Marie geteilt hatte. Die Straße war menschenleer. In der Ferne loderte Feuer aus Fabrikschornsteinen. Züge...

Lulu drehte sich schlaftrunken um, hob den Kopf und hörte deutlich Wasserplätschern...

»Mauricette!...« raunte sie.

»Was?«

»Was machst du da?«

Aber dann war es Camille, die mit schwerer Zunge dazwischenfuhr:

»Laßt ihr beiden mich jetzt endlich schlafen?«

2

»Was hat er gesagt?«

»Nichts... Er redet nicht... Er knurrt nur hin und wieder wie ein Hund, dem man seinen Knochen wegnehmen will...«

Céline bestimmte mit ihrem Bügeleisen den Rhythmus des Gesprächs. Laurence hätte stundenlang hier bei ihrer Schwester am Ofen sitzen und ihr bei der Arbeit zusehen mögen. Céline hatte bei ihren fünf Kindern dauernd etwas zu waschen oder zu bügeln. Die beiden kleinen Jungen waren in der Schule. Die Tochter, die Transuse, befand sich im Kindergarten, einer saß auf dem Boden in einem Laufställchen aus gedrechseltem Holz, und das Jüngste schlief in seiner Wiege.

Durch die beschlagenen Fensterscheiben konnte man den mit Leitern zugestellten Hof nur undeutlich erkennen. Bobinec, Célines Mann, war Malermeister im Baugewerbe. Er hatte manchmal zehn Arbeiter auf einer Baustelle gehabt, doch jetzt hatte er nur noch einen, mit dem er gerade eben weggegangen war, um in einem Haus hier im Viertel Tapeten zu kleben.

Sie lebten nicht weit von Laurence entfernt hinten in einem Hof. Es gab allerdings auch ein Schaufenster an der Fassade mit ein paar Tapetenrollen und Pinseln, die auf Dosen mit Lackfarbe aufgebaut waren, aber auf einem Schild stand: »Auskunft im Hinterhaus«.

»Ist dir denn in den letzten Tagen nichts aufgefallen?« fragte Céline, die mit ihren Augen überall zugleich war, bei ihrer Bügelarbeit, bei ihrem Feuer, ihren Bügeleisen, bei dem Kind auf dem Boden und dem andern Kind in der Wiege, außerdem blickte sie auch noch manchmal durch eine Ecke der Fensterscheibe, von der sie den feuchten Beschlag abwischte, hinaus, um zu sehen, ob der Gemüsemann schon da war. Laurence redete seelenruhig vor sich hin.

»Du weißt ja, wie Charles ist ... Er kommt heim, zieht eine andere Jacke an, setzt sich an den Tisch, und sobald er gegessen hat, liest er seine Zeitung ... Er hebt den Kopf erst wieder, um zu fragen, ob es noch nicht Zeit zum Schlafengehen ist ...«

Ganz das Gegenteil von Bobinec, mit dem, wie Céline sagte, das Leben so anstrengend war, er war ständig in Bewegung, redete, gestikulierte herum oder verzog sein Gesicht, man kam eigentlich nur dann richtig zu sich, wenn er weg war.

Céline war die jüngste der Babin-Schwestern. Sie waren drei Töchter, Laurence, die Älteste, dann Élise, die mit Dionnet verheiratet war, und schließlich Céline, dann kamen noch zwei Brüder, Paul und Arthur.

»Ist heute nicht Mamas Tag?« fragte Laurence.

»Doch. Ich warte auf sie ...«

Denn ihre Mutter lebte noch, eine noch immer kräftige und rege runzlige kleine Greisin, die für sich in einem Zimmer wohnte, aber abwechselnd einen Tag pro Woche bei ihren Kindern verbrachte. Bei Laurence, wo immer Unordnung herrschte, war sie es, die alles aufräumte. Bei Céline würde sie kaum angekommen zum Bügeleisen greifen. Sie war unfähig, einfach dazusitzen wie Laurence und die Sätze langsam und gemächlich dahinfließen zu lassen, mit Pausen, damit man das langsame Verstreichen der Zeit besser auskosten konnte.

»Ich habe versucht, ihn auf jede mögliche Weise zu nehmen... Ob du es glaubst oder nicht, ich hatte fast Angst, mit ihm allein im Haus zu bleiben... Die Mädchen waren alle weg... Lulu hatte noch einmal versucht, ihn zum Reden zu bringen und war heulend heruntergekommen... Du weißt, sie und ihr Vater... Na ja, ich habe dann mein Ragout aufgesetzt und bin hinauf... Ich war ganz außer Atem... Dann sagte ich zu ihm:

›Du wirst doch hoffentlich nicht weiterhin so kindisch sein?‹

Du kannst dir ja gar nicht vorstellen, wie das auf einen wirkt, wenn da einer hinter der Tür ist und einfach nicht antwortet... Da hört man manchmal ein Geräusch und überlegt, was er wohl macht... Dann ist wieder alles still, und man fängt an zu zittern...

›Also hör mal, Charles...‹, habe ich immer wieder zu ihm gesagt. ›Du bist doch wohl hoffentlich nicht übergeschnappt... Oder wenn, dann sag es, und wir holen Hilfe.‹

Er ist hin und hergewandert, es war zum Verrücktwerden.

›Überleg doch mal, was die Leute denken... und Henri, wie wütend der sein wird, wenn er dich nicht im Büro sieht...‹«

Es war schwer zu sagen, ob Céline ihr zuhörte. Sie

sah ihre Schwester von Zeit zu Zeit an, aber ihr Gesicht wirkte teilnahmslos, und der Beweis dafür, daß sie an etwas anderes dachte, war, daß sie plötzlich die Tür aufriß, weil sie die Trompete des Gemüsehändlers gehört hatte. Als sie zurückkam, fuhr Laurence ganz selbstverständlich fort:

»Am liebsten würde ich Paul um Rat fragen...«

Das war der ältere Bruder, der Bärtige, der in einer Zeitungsredaktion als Korrektor arbeitete.

»Er liegt im Bett!« verkündete Céline.

»Wieder seine Gallensteine?... Aber so kann ich nicht weitermachen... Wenn irgend etwas passiert, verzeihe ich mir das nie.«

»Warum fragst du nicht Henri?«

»Mauricette war gestern abend bei ihm... Er behauptet, daß zwischen ihm und Charles nichts vorgefallen ist...«

Es war zehn Uhr. Der Himmel war klar. Am anderen Seineufer putzte Lulu in einer hautengen schwarzen Kittelschürze, über der sie wie eine Schülerin einen breiten Gürtel trug, die Schaufensterscheiben eines Schuhgeschäftes.

In derselben Straße arbeitete Camille bei der Korsettmacherin zusammen mit vier anderen jungen Mädchen in einem Raum, in den durch Mattglasscheiben nur eiskaltes Tageslicht drang.

»Man bringt nichts Gutes zustande, wenn man dauernd aus dem Fenster sieht«, behauptete das alte Fräulein, der dieses Miederwarengeschäft gehörte.

Mauricette hingegen saß in einem Versicherungsbüro an der Schreibmaschine. Sie tippte ohne jede Eile, guckte spazieren, unterbrach ihre Arbeit, um ein Bonbon aus ihrer Tasche zu holen oder ihre Fingernägel nachzufeilen. Außer ihr gab es nur einen blutjungen Angestellten, der sie heimlich anhimmelte. Erst um zehn Uhr betrat der Chef sein Büro neben dem ihren, legte Mantel, Handschuhe und Hut ab, strich sich vor dem Spiegel die Haare glatt und machte dann die Tür einen Spalt breit auf.

»Mademoiselle Mauricette!«

Sie stand auf, ergriff die Post, um sie ihm zu bringen. Der junge Angestellte starrte fasziniert auf ihren wohlgeformten Hintern, sie war zweifellos die attraktivste der Dupeux-Schwestern. Sie ging durch die Tür und schloß sie hinter sich. Der Chef verzog seine Lippen zu einem leichten Lächeln.

»Haben deine Eltern nicht geschimpft?« fragte er leise.

Seine Augen lachten. Auf seinen Lippen lag so etwas wie befriedigte Begierde.

»Nein ...«

»Heute abend?«

Sie senkte die Lider und sagte dann ohne Übergang:

»Die Antwort aus England ist da ... Lloyd akzeptiert das Gutachten nicht und zahlt erst, wenn der Beweis erbracht ist, daß ...«

Laurence mußte sich wohl oder übel entschließen, doch einmal aufzustehen. Sie redete noch ein wenig, wie um sich selber Mut zuzusprechen. Sie redete über Paul, der kein Glück mit seiner Gesundheit hatte, über Arthur, der schon wieder den Beruf gewechselt hatte und jetzt in einem Kino an der Kasse saß.

»Ich gehe trotzdem mal bei Henri vorbei ...«

»Willst du nicht etwas trinken?« fragte Céline aus Höflichkeit.

»Danke ...«

Na los denn! Sie stand bereits. Sie war schon fast weg.

Sie hatte schon die Türklinke in der Hand.

»Hast du ihn impfen lassen?«

»Nächste Woche kommt der Arzt ...«

Endlich! Sie war jetzt mit ihrem Einkaufsnetz in der Hand auf der Straße. Es war noch ein echtes Netz und nicht so eine Wachstuchtasche, wie sie jetzt die meisten Hausfrauen hatten. Charles hatte es selber gemacht. Er hatte auch eines für Céline gemacht. Er war recht geschickt mit den Händen. Manchmal verbrachte er den ganzen Sonntag mit Arbeiten dieser Art allein in einer Ecke oder er entwickelte in der zu einer Dunkelkammer verwandelten Mansarde Fotos und zog sie mit größter Sorgfalt blau, grün, sepiafarben in allen möglichen Abstufungen auf kostbares Papier ab.

Laurence kam an dem Schuhgeschäft vorüber, als Lulu dort im Schaufenster kniete. Sie klopfte zum Gruß an die Scheibe und erinnerte sich dabei, daß sie dieser Tage ein Paar neue Pantoffeln kaufen mußte, denn ihre blauen waren abgenutzt.

Bei den Dionnets würde sie versuchen, Henri nicht zu sehen, der sie nicht mochte, sondern nur ihre Schwester. Sofern ...

Was hatte Henri letztes Mal noch gleich mit dieser eiskalten Stimme zu ihr gesagt, die seine Worte so unangenehm machte?

»Es wäre mir doch sehr lieb, wenn du hier nicht ohne Hut aufkreuzen würdest!«

Na ja! Sie hatte auch jetzt keinen Hut auf, und sie fände es auch lächerlich, zum Einkaufen einen Hut aufzusetzen. Warum dann nicht auch noch Handschuhe anziehen, wie die Frau des Richters, die ihr Dienstmädchen zwang, mit den Einkaufskörben hinter ihr herzugehen?

Gerade in diesem Augenblick kam ein Fuhrwerk durch das Hoftor. Dionnet besaß drei Fuhrwerke und sechs stämmige Pferde in seinem Stall hinten im Hof. Der Hof ähnelte einem Güterbahnhof, mit regelrechten Laderampen, die stets mit Ballen, Fässern und Korbflaschen vollgestellt waren. Laurence betrat das Geschäft wie zu einem Einkauf, denn wenn man Fremden auch nichts in kleinen Mengen verkaufte, durften sich die Familienangehörigen hier doch versorgen.

Sie wandte sich nicht an den Verkäufer, sondern wartete, bis Mademoiselle Thérèse, die schon zwanzig Jahre bei der Firma war, Zeit hatte.

»Geben Sie mir getrocknete Erbsen und zwei Kilo Mehl... Haben Sie noch die kleinen Tomatendosen vom letzten Mal?«

Ein großes, gutgehendes Geschäft, Regale bis zur Decke voller feinster Konserven, gut acht Meter lange Verkaufstische mit funkelnden Waagen, herabhängenden grauen Papierrollen und Bindfadenknäueln.

»Ist meine Schwester oben?«

Thérèse nickte.

»Geht's?« fragte Laurence weiter und meinte damit etwas, das nur sie beide verstanden.

Thérèse verzog das Gesicht, was besagen sollte, daß es wohl nicht so besonders gut ging. Laurence seufzte.

»Meinen Sie, ich kann hinaufgehen? Ist er im Büro?«

Sie ging durch eine schmale Tür. Am Ende eines vollgestellten Flurs führte eine Wendeltreppe in die Wohnung hinauf. Die Küche war voller Dampf.

»Ist meine Schwester da?«

»Madame ist in ihrem Zimmer...«

Na ja! Immer das gleiche! Von wem Élise das bloß hatte? Von ihrer Mutter bestimmt nicht, die trank nur Wasser. Und von ihrem Vater – dem Bruder jenes Guillaume, der sich erhängt hatte – auch nicht, der hatte vielleicht viele andere Fehler, aber diesen nicht!

»Kann ich hereinkommen?«

Ein Brummen antwortete ihr, sie stieß die Tür auf und betrat ein sehr helles Zimmer, wo in einem ungemachten Bett zerzauste Haare, trübe Augen, ein müdes Gesicht zu sehen waren.

»Du bist es!« seufzte Élise.

Sie sprach mühsam mit schwerer Zunge. Sie versuchte, sich aufzurichten.

»Setz dich... Was hat er zu dir gesagt?«

»Ich bin Henri nicht begegnet...«

»Weißt du, was der gemacht hat? ... Gestern abend hat er mich wieder eingesperrt... Es war Besuch da...«

»Ich weiß... Mauricette war hier...«

»Wenn du wüßtest, wie ich unter dieser Migräne leide... Gib mir eine Tablette... Ja, da, auf dem Toilettentisch... Daß hier mal einer hereinkäme und mich fragte, ob ich etwas brauche... Die würden mich doch einer wie der andere alle krepieren lassen...«

Sie schluckte ihre Tablette mit ein wenig Wasser, während Laurence schwerer Alkoholdunst entgegenschlug.

»Oh, mein Kopf... Als hätte man mir eine Stange hineingebohrt... Wie geht es deinen Kindern?«

»Gut, danke...«

»Wenn ich denke, daß dieser Mann, der vor Reichtum platzt, dich für die Waren so viel zahlen läßt wie alle anderen...! Und damit nicht genug, er macht mir auch noch Vorwürfe... Wenn er sagt: ›deine Familie‹, könnte man gerade glauben, daß ihr alle Bettler seid... Ach, meine Liebe, was würde ich darum geben, wenn ich noch so wäre wie ihr...«

»Na, nun weine doch nicht...«

Das war unvermeidlich! An solchen Morgen flennte und jammerte Élise. Sie fühlte sich unglücklich. Sie war gütig und hätte am liebsten alles verschenkt.

»Hast du eine Bestellung aufgegeben...? Sag Thérèse, daß das für mich ist... Doch, doch...! Sie soll es nicht eintragen... Hör mal zu, Laurence... Weißt du, was du jetzt machst...? Ich brauche etwas, um wieder zu mir zu kommen... In dem Wandschrank... hinten im Flur... Ja, der Schlüssel müßte oben drauf liegen... Hinter den Besen findest du ein paar Flaschen Stout... Bring mir eine...«

Zuerst würde sie ein Stout trinken, um wieder zu sich zu kommen. Etwas später würde sie dann aufstehen und irgendwo in dem großen Haus mit den zahlreichen Verstecken eine Flasche Calvados oder Cognac oder sonst etwas Starkes ausgraben, und dann würde wieder alles von vorne anfangen.

»Mama macht eine Novene!« verkündete ihre Tochter ungerührt.

Man mußte sie einschließen, wenn Besuch kam. Man versteckte ihre Schuhe, damit sie nicht hinaus konnte und in irgendeiner Kneipe etwas trinken ging, was sie aber eines Tages nicht daran gehindert hatte, in Strümpfen übers Trottoir zu laufen.

»Meinst du, daß das gut ist?« protestierte Laurence schwach, sie wagte nicht, ihr den Wunsch abzuschlagen, und hatte gleichzeitig Angst, von ihrem Schwager überrascht zu werden.

»Du wirst dich doch nicht mit den andern zusammentun...? Bin ich nicht immer gut zu dir...? Du wirst doch nicht auch noch behaupten, daß ich bösartig bin?«

»Aber nein, Élise... Beruhige dich doch...«

»Eine bösartige Frau ich, die ich auch noch mein letztes Hemd hergeben würde... Ich selber besitze gar nichts...«

»Ist ja gut... Ich gehe... Aber wenn Henri...«

Und natürlich passierte es. Als sie mit der Flasche Dunkelbier zurückkam, stieß sie mit Dionnet zusammen, der im Türrahmen stand. Er sah die Flasche, nahm sie und warf sie in die andere Ecke des Zimmers, wo sie zerschlug. Er machte all dies ganz ruhig, ohne den Anschein zu erwecken, wütend zu sein, genauso, wie wenn einer seiner Angestellten einen Fehler gemacht hatte und er ihn hart und schweigend anblickte, bis er nicht mehr wußte, wo er hinschauen sollte.

»Ich bin gekommen...«, hob Laurence an.

Henri schloß das Zimmer seiner Frau ab, steckte den

Schlüssel in die Tasche, und so standen sie nun beide auf dem Treppenabsatz.

»Und dein Mann?« fragte er.

»Genau deshalb bin ich ja gekommen. Ich wollte dich fragen ...«

Sie durfte ihn duzen, weil sie nicht seine Angestellte war. Charles hingegen mußte seinen Schwager mit Sie anreden, das hatte dieser verlangt.

»In einem Büro hat die Familie nichts zu suchen!« behauptete er.

Er bat seine Schwägerin in kein Zimmer. Sie standen immer noch oben an der Treppe.

»Ich wollte dich um einen Rat bitten ... Mauricette hat es dir ja erzählt ... Er hat sich seit gestern auf dem Dachboden eingeschlossen und antwortet nicht, wenn man mit ihm reden will ... Die Mädchen sind der Reihe nach hinaufgegangen ...«

»Bewegt er sich?«

Sie wußte, was er dachte.

»Jedenfalls bevor ich weg bin, ist er wie ein Verrückter auf und ab marschiert ... Ich habe schon überlegt, ob ich einen Schlosser rufen soll, aber wie würde er dann reagieren ... Außerdem hat er ja auch das Buffet vor die Tür gerückt ... Was würdest du an meiner Stelle tun?«

Er hatte immer schon eine Gesichtsfarbe wie ein Steinblock gehabt, und man konnte sich auch nur noch mit Mühe der Zeit erinnern, da sein Spitzbart noch schwarz gewesen war und nicht so eisgrau wie jetzt. Wenn er einmal starb, würden sich weder sein Teint noch sein Ausdruck verändern: dieselben Falten auf der

Stirn, dieselben schwarzen Punkte auf der Nase und diese buschigen Augenbrauen, die fast ebenso dicht waren wie sein Schnauzbart.

Er war besorgt. Seine quadratischen Finger trommelten auf die Uhrkette, die er quer über der Weste trug.

»Hat er denn gar nichts gesagt?«

»Nichts ...«

»Hat er vielleicht schlimme Nachrichten von seiner Tochter bekommen?«

»Ich glaube kaum. Wenn ein Brief gekommen wäre, hätte ich den ja gesehen. Ich hatte gedacht, daß ihr beide einen Streit gehabt hättet. Glaubst du, daß man plötzlich wahnsinnig werden kann? Wie Céline richtig sagt, wissen wir nicht einmal, ob es so etwas schon einmal in seiner Familie gegeben hat, denn wir kennen ja seinen Vater nicht ...«

Charles war Sohn einer Wäscherin, die starb, als er fünf Jahre alt war, und man hatte nie erfahren, wer sein Vater war. Er hieß nach seiner Mutter, Dupeux. Er war in einem Waisenhaus aufgewachsen.

»Worüber denkst du nach?«

Denn man sah Henri an, daß er nachdachte, und zwar angestrengt nachdachte, angestrengt, wie man etwa einen Karren schiebt, mit zusammengezogenen Brauen und über der erkalteten Zigarre zusammengekniffenen Lippen.

»Meinst du, es ist schlimm, Henri?«

Laurence zeigte sich noch um einiges beunruhigter, als sie es in Wirklichkeit war, damit die Sache mit der Stoutflasche ein wenig in den Hintergrund trat. Eine

Frau, die von einem solchen Unglück getroffen worden ist, kann man doch nicht so streng behandeln.

»Ist euch in letzter Zeit nicht etwas aufgefallen?«

»Du weißt doch, wie er ist... Ich habe es gerade noch zu Céline gesagt. Einer, der weder ja noch nein sagt. Er ist eher sanftmütig. Sonst hätte er ja auch vielleicht etwas mehr erreicht...«

»Komm mit!« befahl Henri schließlich und ging die Treppe hinab.

Sie folgte ihm, ohne zu wissen, was er vorhatte. Er machte die Tür zu seinem Büro auf, einem Glaskäfig, der wie die Kommandobrücke eines Schiffes den Hof überragte. Dupeux' Platz neben dem verschlossenen Geldschrank war leer. Dionnet nahm seine Melone und den schweren schwarzen Mantel vom Haken und ergriff seinen Schirm.

»Kommst du mit nach Hause?«

»Ja, auf einen Augenblick...«

Er erteilte noch ein paar Anweisungen im Hof und kam zurück, um aus einer Schachtel auf dem Kamin eine Zigarre zu nehmen.

»Gehen wir!«

Sie überlegte, ob er wohl das Auto nehmen würde, aber sie gingen dann doch zu Fuß. Sie hatte sich nicht getraut, ihre Einkäufe mitzunehmen. Sie folgte ihm, genierte sich, daß sie keinen Hut aufhatte. Er sagte kein Wort, blieb nur manchmal stehen, um seine Zigarre wieder anzuzünden. Er hatte den ganzen Tag eine Zigarre im Mund, aber fast den ganzen Tag war diese Zigarre erloschen und verströmte kalten Tabakgeruch, nach dem auch sein Kinnbärtchen roch.

Er blieb stehen, um auf die Straßenbahn zu warten. Er stieg ein und sagte zu seiner Schwägerin:

»Setz dich rein.«

Er selber blieb auf der Plattform, sie beobachtete ihn aus der Ferne, es war ihm immer noch anzumerken, daß er nachdachte und daß er unzufrieden war.

Er war ohne Zweifel der Mann, über den in der Familie am meisten geredet wurde, und nicht nur deshalb, weil er der Reichste war. Man wiederholte seine Worte, wie etwa jene, die er zu Pauls Sohn, einem fünfjährigen Jungen, gesagt hatte, nachdem ihm Élise ein paar Bonbons aus einer Dose des Geschäfts gegeben hatte:

»Gib mir die zurück, Kleiner... Es soll hier keiner die Gewohnheit annehmen, sich bei mir die Taschen zu füllen...«

Danach hatte er seelenruhig die Bonbons wieder in die Dose mit dem Glasdeckel zurückgetan.

Als sie einmal Paul wegen seiner angegriffenen Gesundheit bedauerten, hatte er, ohne die Zigarre aus dem Mundwinkel zu nehmen, trocken bemerkt:

»Wenn er krank ist, so wird das ja seine Gründe haben!« Und als Arthur ihn nach zweimonatiger Arbeitslosigkeit gebeten hatte, ihm etwas Geld zu leihen, hatte er das rundweg abgelehnt.

»Kein Mensch ist so reich, daß er allen Leuten, die kein Geld haben, etwas geben kann. Also braucht man gar nicht erst damit anzufangen. Abgesehen davon, daß man den Leuten auch einen schlechten Dienst erweist...«

Dabei war er damals praktisch in Holzpantinen nach

Rouen gekommen. Er sprach kaum über seine Familie; trotzdem wußte man, daß sein Vater Steinbrucharbeiter war und sein Bruder noch immer irgendwo auf dem Lande als Maurer arbeitete. Er hatte in einem Lebensmittelgeschäft die Buchhaltung gemacht. Dann hatte er Bonduel kennengelernt. Aber wo er ihn kennengelernt hatte, das wußte man eben nicht.

Bonduel stammte aus einer wohlhabenden Familie und hatte ein gewisses Vermögen geerbt. Er war gesundheitlich angeschlagen und brauchte jedes Jahr einen mehrmonatigen Gebirgsaufenthalt. Bis zu jenem Zeitpunkt hatte er von seinem Vermögen gelebt.

Wie hatte Dionnet es geschafft, ihn zu seinem Kompagnon zu machen und den Lebensmittelgroßhandel Dionnet & Bonduel zu gründen?

Man konnte sich nicht mehr besonders gut an Bonduel erinnern: Er war ein sehr großer Junge mit rosigen Wangen gewesen, der immer wie geschniegelt war und helle Kleidung trug. Er kam meist so gegen Mittag, machte eine kleine Runde im Geschäft und ging dann ins ›Café de la Comédie‹, um seinen Portwein zu trinken.

Es wurde erzählt, daß er an Exzessen gestorben sei. Wenn keine Kinder anwesend waren, wurde auch noch über gewisse Details getuschelt, nämlich daß er sich nicht mit den eleganten Frauen zufriedengab, die man in seiner Gesellschaft sah, sondern daß er seine Nächte in anrüchigen Häusern verbrachte, wohin Dionnet ihn begleitete ...

Laurence konnte sich noch an die Beerdigung erinnern, denn die ganze Familie war dort gewesen, und die

Männer waren sogar noch zum Abendessen geblieben. In der folgenden Woche wurde der Name Bonduel am Schaufenster gelöscht. Um den Vorrat an Briefpapier und Rechnungsformularen nicht wegwerfen zu müssen, wurde der Name darauf rot ausgestrichen, dieses Papier gab es noch jahrelang.

Laurence schreckte hoch. Sie waren am Bahnübergang angekommen. Der Straßenbahnfahrer stieg bereits aus, um die Stange auf die andere Seite zu drehen.

Sie folgte Henri über den Bahnübergang, der, welch Wunder, gerade einmal offen war. Ein Sonnenstrahl drang durch den watteartig bewölkten Himmel.

»Hoffentlich habe ich nicht meinen Schlüssel vergessen...«, sagte sie.

Sie hatte ihn nicht vergessen. Im Haus roch es nach Angebranntem. Ihr Ragout war am Topfboden verschmort.

»Du kannst schon hinaufgehen, Henri... Ich komme gleich nach...«, rief sie aus der Küche.

Er war schon auf der Treppe. Sein Gang war langsam und schwer. Die Stufen knarrten. Die Treppe wirkte zu schmal und zu zierlich für ihn. Durch eine offenstehende Tür konnte man in ein unaufgeräumtes Zimmer hineinsehen.

Schließlich blieb er stehen.

»Charles, sind Sie da?« fragte er mit seiner Chefstimme.

Schweigen. Laurence war unten an der Treppe stehen geblieben und horchte mit erhobenem Kopf.

»Hören Sie mich...? Wie lange wollen Sie denn diesen Unsinn weitertreiben...?«

»Rührt er sich nicht?« fragte Laurence von unten.

Henri antwortete nicht, sondern rüttelte an der Tür.

»Wissen Sie, was ich jetzt mache, Charles? Ich gehe jetzt aufs Polizeirevier. Dann komme ich mit einem Polizisten und einem Schlosser wieder... Da werden wir ja sehen, was dieser Unsinn soll...«

Man hörte Schritte. Laurence vernahm sie auch von unten. Aber die Tür ging noch immer nicht auf.

Da tat Dionnet so, als würde er jetzt hinuntergehen und seine Drohung wahrmachen. Er stieg vier oder fünf Stufen hinunter, ganz langsam, dann drehte er sich um. In dem Augenblick glitt ein Stück Papier wie von Geisterhand bewegt unter der Tür durch.

Henri stieg wieder hinauf, bückte sich. Laurence spitzte noch immer die Ohren. Sie hörte ihren Schwager jetzt noch langsamer die Treppe herunterkommen als vorher, aber er zögerte nicht mehr. Als sie ihn jetzt vor sich sah, war sein Gesichtsausdruck noch härter als vorher.

»Nun?«

Er blieb stehen, blickte in den engen Flur, auf die Tür, die zum Wohnzimmer führte, und entschied sich dann für die Glastür zur Küche, wo er sich, noch immer im Mantel und mit der Melone auf dem Kopf in den Korbsessel setzte, von dem die Katze gerade noch rechtzeitig heruntersprang.

»Hat er wieder etwas geschrieben?«

Sie traute sich kaum, ihn um den Zettel zu bitten, den er anstarrte, ohne ihn zu sehen. Schließlich streckte er ihn ihr widerstrebend hin und seufzte.

Wenn man mich nicht endlich in Ruhe läßt, schieße ich. Und das ist nur der Anfang!

»Was meint er nur?«

Henri blickte stur auf seine Schuhspitzen. Laurence ging nebenan in einen Raum, der weder ein richtiges Eßzimmer noch ein richtiges Wohnzimmer war. Es gab da ein Buffet und einen Eichentisch mit einem Läufer und zwei leeren Vasen, aber auch ein Harmonium und eine Nähmaschine, ein Sofa und ein Mahagonitischchen.

Keiner in der Familie hatte je Harmonium gespielt. Charles hatte es einmal bei einer Versteigerung gekauft, obwohl er keine einzige Note lesen konnte. Einen ganzen Sommer lang hatte er damals versucht, Kirchenmelodien zu spielen, und dabei ruckartig auf die Pedale gedrückt und langgezogene zittrige Töne hervorgebracht, danach aber hatte er das Instrument nie mehr aufgemacht, auf dem sich jetzt alte Zeitungen häuften.

Neben dem Fenster zur Straße stand noch ein Möbelstück, das ebenfalls von einer öffentlichen Versteigerung stammte, ein Zylinderbüro, das Charles als Schreibtisch benutzte.

Den Schlüssel hatten sie nie besessen. Laurence schob die Rollklappe hoch und zog eine kleine Schublade auf.

»Es stimmt!« stellte sie fest. »Der Revolver ist nicht mehr hier... Möchte ja wissen, ob der noch funktioniert und ob es überhaupt Kugeln dazu gibt...«

Überrascht merkte sie, daß Dionnet hinter ihr stand. Sie hatte ihn nicht kommen hören und mit lauter

Stimme geredet, da sie dachte, er wäre in dem Korbsessel in der Küche sitzen geblieben.

»Meinst du, er würde sich umbringen?« fragte sie, nachdem sie kurz zusammengezuckt war.

Er antwortete nicht, und sie staunte nun immer mehr. Sie spürte seine Nähe, den kalten Zigarrengeruch. Er beugte sich vor. Er zog auch die übrigen Schubladen eine nach der anderen heraus. Dann rückte er wortlos einen Stuhl heran, setzte sich da vor den Schreibtisch und stützte seine Ellbogen darauf.

»Was meinst du denn?«

Er berührte sie merkwürdig. Sie sah, wie er jetzt der Reihe nach alle Fäßchen mit Farbtinte öffnete.

»Warum antwortest du mir nicht... Glaubst du, daß er sich etwas antun könnte?«

Die bedrückende Atmosphäre kam gar nicht so sehr von dem auf seinem Dachboden verbarrikadierten Charles als von diesem Mann im Mantel, der den gelben Schreibtisch mit seinem Gewicht geradezu zu erdrükken schien. Warum redete er nicht? Warum hatte sein Blick, der sonst so fest war, jetzt etwas Ausweichendes?

»Was hast du, Henri? Als hättest du was entdeckt...«

»Hm?« brummte er und sah sie plötzlich an, als wunderte er sich, daß sie neben ihm stand.

»Ich sagte, daß...«

Sie war tatsächlich nicht fürs Drama geeignet, sie entdeckte bei allem immer gleich die komische Seite.

»Was du für ein Gesicht machst!«

»Hör mal zu, Laurence...«

»Na ja, ich höre...«

»Ich glaube, daß dein Mann...«

Er verstummte und schob die Brauen zusammen.

»Kriegst du es so schwer heraus?«

»Sei still... Versuch doch einmal, ernst zu sein... Ich glaube, wir sollten ihn am besten in Ruhe lassen... Dann wird er sich ganz von alleine beruhigen... Je weniger man ihn stört, desto besser ist es...«

Er erhob sich immer noch nicht. Er blieb an dem kleinen Schreibtisch sitzen, der gebraucht gekauft war, wie fast alle Möbelstücke in diesem Haus.

»Aber was ißt er dann?« warf Laurence ein.

Dann überlegte sie.

»Er wird doch nicht in den Paketen...«

Sie wäre fast in nervöses Gelächter ausgebrochen. Es war aber auch zu komisch. Sollte er tatsächlich so weit gedacht und sich mit Vorräten versorgt haben?«

Ein Gedanke entwickelte sich aus dem andern. Er mußte ja nicht nur essen, sondern auch trinken. Sie ging sofort in die Küche, wo sich der einzige Wasserhahn im Haus befand. Sie sah unter dem Spültisch nach.

»Er ist heruntergekommen!« rief sie triumphierend aus. »Er hat die Gelegenheit genutzt, als ich weg war... Die Kanne ist nicht mehr da... Die hat er sicher mit Wasser gefüllt und hinaufgetragen.«

Sie wußte jetzt nicht, ob sie das zum Lachen oder zum Weinen finden sollte. Ein Gedanke nach dem andern... Nun ja! Man mußte auch nicht nur essen und trinken... Es gab auch noch andere Bedürfnisse... Ob er...

»Hör mal Henri, also ich glaube...«

Was wollte sie denn sagen, daß das ganze ein Streich war? Sie sprach nicht weiter, da Dionnet jetzt ernst wie bei einer Beerdigung aufstand, seinen Mantel sorgfältig zuknöpfte und nach seinem Schirm suchte.

»Ich habe dir meine Meinung gesagt. Du kannst natürlich tun, was du willst, aber ich würde ihn in Ruhe lassen ...«

Also war es eine ernste Sache. Wenn sich ein Mann wie Dionnet davon so beeindruckt zeigte ... Plötzlich kam ihr das ganze Haus verändert vor, sie hatte fast Angst, hier allein zu bleiben.

»Kann ich dir etwas anbieten ...? Einen Schluck Portwein?«

»Danke, nichts ... Ich gehe jetzt ...«

Er trat auf den Flur, den sein breiter Rücken ganz ausfüllte.

»Du hast mir noch immer nicht gesagt, was du davon hältst ... Soll ich einen Arzt rufen?«

»Was würde das bringen?«

Er machte die Tür auf, blieb an der Schwelle nicht noch einmal stehen, drehte sich nur ganz knapp um, um ihr Auf Wiedersehen zu sagen. Laurence blieb einen Augenblick an der Tür stehen, um ihm nachzusehen, wie er die Gleise überquerte. Madame Josse stand an ihrer Tür.

»Ist jemand krank?« fragte sie. Warum fragte sie das? Ach ja ... Dionnet kam nie hierher. Die Nachbarn kannten ihn nicht. Und Madame Josse hatte ihn mit seinem schwarzen Mantel, der Melone und dem Schirm für einen Arzt gehalten.

»Nein, niemand, Madame Josse ...«

»Übrigens, wenn Sie Blutwurst möchten, wir haben heute früh geschlachtet...«

»Danke... Ich komme nachher vorbei...«

Sie ging hinein und empfand die Leere im Haus so stark, daß sie zusammenschreckte, als der Korbstuhl unter dem Gewicht der Katze knackte, die hinaufgesprungen war.

Sie konnte sich nicht enthalten, als sie an der Treppe vorüberkam, hinaufzusehen und halblaut vor sich hinzumurmeln, als wollte sie sich gut zureden:

»Das ist doch verflixt...!«

Dann überlegte sie, was sie nun an Stelle des angebrannten Ragouts auf den Tisch bringen sollte.

3

Camille ging jedesmal aufmachen, wenn jemand an der Tür klingelte oder, was meistens der Fall war, gegen den Briefkasten klopfte. Immer war es Camille, die aufstand, ob es nun darum ging, das Geschirr abzuwaschen, Strümpfe zu stopfen oder in den Keller zu gehen; schon als sie zwölf Jahre alt war, sagten die Leute, daß sie eine richtige kleine Hausfrau sei.

An jenem Sonntag war Laurence tatsächlich wütend geworden, was nur sehr selten vorkam.

»Das wäre ja noch schöner, wenn ihr an einem Tag wie heute ...«

An einem Tag wie was? Sie versuchte, ihren Satz zu beenden. Schließlich konnte man ja nicht sagen, daß ein Unglück geschehen war, denn bis jetzt war ja kein wirkliches Unglück geschehen! Und wer im Ernst wollte behaupten, daß ein Kranker im Haus war.

»... na ja, an einem Tag wie heute werdet ihr ja wohl nicht weggehen!« fuhr sie dann fort.

Sie war weniger von der Tatsache beeindruckt, daß Charles auf dem Dachboden saß, als davon, daß Dionnet, der nicht so leicht eine Gefühlsregung zeigte, mit ihr in die Straßenbahn gestiegen, dann dort hinaufgegangen war und nachher den Schreibtisch untersucht hatte und bei all dem nicht etwa die Achseln gezuckt, sondern sich besorgt gezeigt hatte.

Mauricette hatte sich in ihrem Zimmer eingeschlossen. Wenn sie schon nicht weg durfte, wollte sie wenigstens der langweiligen Familienzusammenkunft entgehen.

Mauricette machte unten die Tür auf und wieder zu. Lulu hingegen hatte gar nichts gesagt. Man hatte nicht auf sie geachtet, und das hatte sie wohl ausgenutzt, um wegzulaufen, denn sie war im ganzen Haus nicht zu finden.

»Hast du deine Kinder nicht mitgebracht?« fragte Laurence Céline. Bobinec hatte sie in kariertem Anzug und unwahrscheinlichen gelben Schuhen begleitet.

»Ich habe Mama gebeten, sie bei mir zu Hause zu hüten... Sie sind so lebhaft...«

Damit blickte sie zur Decke und meinte wohl ungefähr das gleiche wie Laurence mit ihrem »an einem Tag wie heute...«

Sie hatte nur ihren Jüngsten mitgebracht, weil der noch gestillt werden mußte. Man baute ihm eine Art Nest auf dem Kanapee, und er schlief ein. Später hätte sich Paul fast daraufgesetzt, Céline konnte gerade noch rechtzeitig schreien.

Ja, Paul war auch da. Er war trotz seines Nieren- oder Blasenleidens aufgestanden – woran er eigentlich litt, konnte man nie genau erfahren, wahrscheinlich an beidem und vielleicht auch noch an einer anderen Sache, über die er nicht sprechen wollte, es ging immer um Spritzen.

Es verging kaum ein Sonntag, an dem sich nicht zwei oder drei Familien mit sämtlichen Kindern bei den

Dupeux versammelten, und nicht nur, weil Laurence die Älteste war. Diese Küche mit dem Glasanbau, den Oleandern, der Unordnung spielte dabei eine große Rolle. Sie bot Platz für viele Leute, vor allem auch, da man die Doppeltür zum Eßzimmer aufmachen konnte. Und da es hier immer unordentlich war, konnte jeder machen, was er wollte.

Als Camille Stühle vom ersten Stock herunterholte, hatte sie versucht, Mauricettes Tür zu öffnen.

»Schläfst du?«

»Nein.«

»Kommst du nicht herunter?«

»Nein.«

»Was machst du da?«

»Nichts.«

Sie lag auf dem Bett und las. Es war ihr egal, daß sie hierbleiben mußte. Sonntags konnte sie *ihn* nicht treffen und wußte nicht, was sie tun sollte, denn ins Kino wollte sie auch nicht, wenn alle Welt ging.

Er war ein Graf, ein echter, Graf de Veillet, aber seit er ins Versicherungsgeschäft eingestiegen war, setzte er seinen Titel nicht mehr auf die Visitenkarte. Seine Frau hatte ein bißchen Geld, ihr Vater hatte als Mitgift eine Villa an der Straße nach Dieppe, oben am Hang, für sie gebaut. Er hatte schon eine zehnjährige Tochter und zwei kleine Jungen. Seine Frau erwartete wieder Nachwuchs.

Schon merkwürdig bei einem Mann wie ihm. Kaum vorstellbar, wie er den Sonntag mit seiner Familie verbrachte, vor allem mit den Schwiegereltern, anständigen, aber doch recht primitiven Leuten.

Mauricette brauchte sich gar nicht zu erheben, um zu erraten, wer jetzt kam. Man erkannte alle am Schritt und an den Stimmen im Flur. Es war immer das gleiche, Küßchen rechts, Küßchen links...

»Guten Tag, Tante...«

»Guten Tag, Céline.«

»Und die Kinder?«

»Mama paßt zu Hause auf die Kinder auf...«

Blick zur Decke.

»Immer noch nichts Neues?«

»Er hat das Brot genommen, das Lulu auf den Treppenabsatz gelegt hat... Wahrscheinlich hat er abgewartet, bis alle aus dem Haus waren, denn wir haben nichts gehört...«

»Das beweist, daß er sich nichts antun will...!«

»Habt ihr schon Kaffee getrunken?«

»Danke... Wir kommen gerade vom Essen...«

»Camille! Gib Mathilde trotzdem noch einen Kaffee.«

Die beiden Brüder, Paul und Arthur, rauchten; Bobinec ebenfalls, und bereits jetzt schwebte eine bläuliche Wolke über ihren Köpfen. Ohne daß man genau hätte sagen können, woran das zu erkennen war, merkte man, daß dies eine außerordentliche Familienversammlung war, die an die Abende nach Beerdigungen erinnerte, wenn die Familie noch ein paar Stunden zusammensaß.

Paul hielt eine lange gebogene Pfeife zwischen den gelben Zähnen, die er schon so ausgehöhlt hatte, daß das Holz ganz dünn geworden war. Er war sich genau bewußt, daß er die wichtigste Person in der Familie war, das merkte man an der Art, wie er seinen Stuhl nach hinten kippte und alle mit listigen Äuglein anblickte.

Auf der Straße wurde er wegen seines schwarzen Bartes und den stets flatternden und überlangen schwarzen Kleidern und dem breitkrempigen Hut manchmal für einen Künstler, manchmal aber auch für einen Pfarrer oder Rabbi gehalten.

Seine Frau Mathilde war blaß und zurückhaltend. Ihre Tochter Berthe hatte ihr Stenoheft mitgebracht, um in einer Ecke zu üben, denn auch sie lernte Stenografie.

»Üben wir nachher ein bißchen?« hatte sie Camille gefragt.

»Wenn ich Zeit habe...«

Sie hatte ständig einen Ausschlag oder Pickel im Gesicht, was sie mit einer dicken Schicht Creme und Puder verdeckte, die wie eine Maske über ihrer Haut lag.

»Wieviel Tage ist er jetzt schon da oben?« fragte Bobinec mit seiner dröhnenden Stimme.

»Heute ist es der dritte...«

Paul sagte nichts und machte nur kurze Züge aus seiner Pfeife. Er wußte ja, daß sein Augenblick noch kommen und die andern sich von ihm etwas erwarten würden. Er war der Kopf. Und er war schließlich auch ein Mann ohne Vorurteile.

Dafür zeugte schon allein, daß er noch eine andere Frau und eine andere Tochter hatte, die fast gleichaltrig wie Berthe war, und daß er daraus auch gar kein Geheimnis machte.

Im übrigen war er mit Mathilde gar nicht legal verheiratet. Er hatte von vornherein gesagt:

»Die Ehe ist ein Blödsinn und eine Fessel. Der Mensch hat das Recht, zu leben, wie es ihm beliebt. Ich bin frei, und du bist frei. Ich verlange von dir keine Rechenschaft und werde dir auch selber niemals Rechenschaft geben ...«

Das war sauber. Das war klar. Das sagte er auch immer wieder. Seine andere Frau war eine ehemalige Sängerin, sehr geschminkt und aufgeputzt wie zum Karneval, aber offenbar eine sehr ernsthafte Person.

»Was wollt ihr denn zum Nachmittagskaffee, Kinder?« fragte Laurence in die Runde.

»Wir haben keinen Hunger ...«

»Aber nachher habt ihr dann Hunger. Die Mädchen gehen mal zur Konditorei. Camille und Berthe ... holt ein paar Brioches und Pain de Gênes ... Und bringt auch eine Flasche Wermut für Paul mit ...«

Denn Paul trank nur Wermut.

»Mein Geldbeutel ist in der Schublade ...«

Céline fragte:

»Was hat Henri gesagt?«

»Er hat geraten, ihn nicht vor den Kopf zu stoßen ... Du kennst dich da besser aus, Paul ... Ich weiß eigentlich nicht genau, was sich da abgespielt hat. Er hat im Schreibtisch gekramt. Ich hatte den Eindruck, daß irgend etwas ihn betroffen machte, aber ich habe dann hinterher nachgesehen und nichts gefunden ...«

Der Tag neigte sich schon. Das Glasdach über ihren Köpfen und den Rauchschwaden sah aus wie perlgrauer Stoff, aber man wartete immer bis zum letzten

Augenblick mit dem Lichtanmachen, weil das Halbdunkel gemütlicher war.

»Genau genommen«, sagte Arthur, der Paul wie aus dem Gesicht geschnitten war, nur daß er keinen Bart trug und der gesundheitlich ebenso schlecht dran war, »genau genommen ist er ja nie krank gewesen...«

Aber Laurence holte sich von Paul die Bestätigung:

»Kannst du dich erinnern, Paul! Ich habe vor fünf oder sechs Jahren mit dir darüber gesprochen. Er war so abgemagert, daß ich schon Angst bekam, er hätte Tuberkulose, und bin mit ihm zum Arzt. Aber dann war es ein Bandwurm.«

Bobinec hatte sich ans Harmonium gesetzt und diesem ein paar komische Töne entlockt. Paul Babin runzelte die Stirn. Die Babins konnten Bobinec alle nicht leiden, weil er zu laut war und in einer Laientruppe als Komiker auftrat.

»Ich dachte schon, er hätte vielleicht schlechte Nachrichten von Marie...«, sagte Céline. »Aber Laurence meint, das kann nicht sein.«

»Wenn Marie von sich hätte hören lassen, wüßte ich das, denn ich sehe immer in den Briefkasten, wenn ich herunterkomme.«

»Weiß man, was aus ihr geworden ist?«

»Na was, sie geht auf den Strich!« alberte Bobinec.

»Kannst du nicht den Mund halten?«

»Wieso denn? Ist sie vielleicht nicht gesehen worden? Das weißt du doch genausogut wie ich. Als Girodon vorletztes Mal in Paris war...«

»Sie kann tun und lassen, was sie will, das geht uns nichts an!« fiel ihm Paul ins Wort. »Jeder von uns kann machen, was er will, von mir aus auch den Hanswurst, wenn er sonst zu nichts fähig ist...«

»Das sitzt!«

Es würde noch mit Streit enden, wie jedesmal, wenn die Schwäger beisammen waren.

»Sollten wir nicht den Tisch decken?« schlug Laurence vor, um sie von dem Thema abzubringen.

Nur Élise fehlte in der Geschwisterrunde der Babins.

»Hast du sie gesehen? Wie war sie?«

»Mitten in einer Novene. Ich habe mich von Henri erwischen lassen, wie ich ihr eine Flasche Stout aus dem Wandschrank holte, um die sie mich gebeten hatte.«

»Hat denn nicht vielleicht unser Vater...«

»Ich bin sicher, daß unser Vater nicht getrunken hat!« behauptete Paul. »Ich habe ihn schließlich am besten gekannt.«

Merkwürdig, wie sich die Atmosphäre plötzlich verändert hatte.

»Ich war damals mit ihm in Düsseldorf, als er sich um die Apfelmost-Geschichte gekümmert hat...«

»Merkwürdig«, warf Bobinec ein. »Er soll so groß und stark gewesen sein. Auch die Töchter sind groß und stark, während die Söhne...«

Céline machte eine Gebärde, um ihn zum Schweigen zu bringen, und er zuckte mit der Achsel.

»Ich habe ihn einmal gesehen«, sagte Paul, »wie er zwei Männer vor lauter Wut am Nacken gepackt und so lange mit den Köpfen aufeinander geschlagen hat, bis sie zusammensackten.«

»Céline, hast du ein Bild von ihm?«

»Ein kleines, aber es ist schon ganz verblaßt. Da war er schon krank.«

»Weiß man eigentlich genau, woran er gestorben ist?«

»Ich weiß es.«

Wieder redete Paul, indem er die Lippen leicht von dem Pfeifenrohr hob, mit dem er auch manchmal seinen Schnurrbart glättete.

»Er ist an Darmkrebs gestorben.«

»Ist das erblich?«

Er zuckte mit den Achseln. Er setzte immer diese Miene auf, als wüßte er so manches, über das man aber nicht zu reden brauchte.

»Im Grunde ...«

Immer dieser Bobinec mit seinem »im Grunde«.

»Im Grunde war er wie Arthur. Er hat alle möglichen Berufe gehabt. Und sich nirgends wohl gefühlt ...«

»Er hat alle möglichen Berufe gehabt, weil er alles konnte ...«

»Und wenn er dann monatelang weg war, konnte seine Familie sehen, wo sie blieb.«

»Aber er hat immer Geld geschickt!« gab Céline mit einem strengen Blick auf ihren Mann zurück. »Im übrigen weiß ich gar nicht, warum wir über Papa reden, wo es hier doch um Charles geht ... Was meinst du, Paul?«

»Ich meine, daß er sicher nicht glücklich war ...«

»Warum sagst du das?« protestierte Laurence verletzt.

»Eben so!«

Die Mädchen kamen mit dem Kuchen und dem Wermut.

»Ist denn Lulu nicht da?« fragte Mathilde plötzlich höchst verwundert.

»Ach ja! Wir sind ihr begegnet«, erwiderte Céline. »Sie lief ohne Hut davon ... Ich dachte, sie sollte eine Besorgung hier in der Gegend machen ...«

Camille blickte ihre Mutter an. Laurence tat, als hätte sie nichts gehört. Wozu sollte man daraus ein Familiendrama machen!

Lulu hatte deshalb keinen Hut aufgehabt, weil er in der Küche war und sie ihn nicht, ohne Aufmerksamkeit zu erregen, von dort hätte herausholen können. Auch den Mantel zog sie erst über, nachdem sie den Bahnübergang überquert hatte. Sie war in der Tat schnell gelaufen, weil sie Angst hatte, zurückgerufen zu werden. Sie hatte sich mehrfach umgedreht. Ihre langen mageren Storchenbeine trabten über das trockene, hallende Trottoir.

Sie wußte, daß jetzt alle Onkels und Tanten bei ihr zu Hause versammelt waren. Aber sie hatte es doch versprochen. Und das war mindestens eine so ernste Sache wie deren Diskussionen und die Reden, die Onkel Paul schwingen würde. Sie hatte es versprochen! In dem dunklen Kino hatte Georges ihr ins Ohr geflüstert:

»Sonntag?«

Sie hatte seine Hand gedrückt. Dabei war ihr richtig schwindlig geworden. Sie hatte ja gesagt.

Und viel später, während der Film lief und seine Hand sie unter ihrem Kleid streichelte, noch gefragt:

»Wo?«

»Du brauchst keine Angst zu haben ... Ein Freund gibt mir sein Zimmer ...«

Sie beeilte sich auf der menschenleeren Straße. Sie drehte sich um, als fürchtete und hoffte sie zugleich, daß jemand sie zurückhalten würde. Es war beschlossen! Also...

Einen Augenblick lang glaubte sie, daß Georges nicht an ihrem Treffpunkt an der Boïeldieu-Brücke wartete, aber er war nur von dem Zeitungskiosk verdeckt. Er sah erstaunt auf ihre verstruwwelten Haare, fühlte ihren kurzen, heißen Atem.

»Ich konnte keinen Hut aufsetzen, weil...«

Es war noch nicht zu spät. Leute gingen an diesem grauen Tag in ein Kino. Sie hatten den Film schon gesehen, aber sie hätten ja in ein anderes Kino gehen können.

Georges führte sie durch Straßen, die ihr unbekannt waren.

»Ist es weit?«

»Ganz nah...«

Er hatte seine Haare mit Kölnisch Wasser gewaschen und trug neue Schuhe.

»Meinst du nicht...«

Aber nein! Warum denn, sie hatten es nun einmal beschlossen, und früher oder später mußten sie ja doch...

Aber als sie dann eine schmale Straße betraten, in der es nach Müll roch, schrak sie doch zurück. Georges nahm sie am Arm und führte sie in einen Hausflur, an dessen anderem Ende ein Hof lag. Aber sie gingen nicht bis zu dem Hof. Rechts führte eine Treppe hinauf, die man in der Dunkelheit nicht sehen konnte. Ein Seil diente als Geländer.

»Gib acht ... Komm mit ...«

Ihr Mund war ganz ausgetrocknet.

»Du wirst sehen, es ist gar nicht schlimm ...«

Seine Haare waren sehr dunkel und füllig und wuchsen bis tief in die Stirn. Er arbeitete in einer Autowerkstatt. Wie viele Mädchen redeten über ihn? »Hast du Georges gesehen?« »Triffst du dich nicht mehr mit Georges?« »Weißt du, mit wem ich Georges gesehen habe?«

Er hatte einen neuen grünlichen, sehr taillierten Anzug und Schuhe mit eckiger Spitze an.

Ohne das Zimmer anzusehen, das er bestimmt gut kannte, verkündete Georges dann:

»Mein Freund kommt nicht vor sechs zurück ...«

Es klopfte zaghaft an die Tür. Mauricette antwortete lange nicht und las mit halbgeschlossenen Lidern, weil ihr der Rauch ihrer Zigarette in die Augen stieg – sie hatte auch schon ihre Steppdecke angesengt –, in ihrem Roman weiter.

»Bist du da?«

»Wer ist da?«

»Berthe ... Ich wollte dich begrüßen ...«

»Ich kann jetzt nicht aufmachen ...«

Was wollte diese blöde Berthe, mit der man doch nichts richtiges anfangen konnte.

»Ich habe dir ein Stück Kuchen heraufgebracht ...«

»Ich habe keinen Hunger.«

Also ging Berthe wieder hinunter, stellte den Teller mit dem Kuchenstück auf den Tisch und setzte sich neben den Ofen, da Camille mit ihr auch nicht Steno üben wollte. Keiner wollte je etwas mit ihr machen. Und sie traute sich auch nicht, am Gespräch der Erwachsenen teilzunehmen.

»Ich sage ja nicht, daß er ein Laster hatte«, wiederholte Paul und steckte seine Pfeife wieder an, während er sich im Stuhl zurückwarf.

»Paul!« fiel ihm Céline ins Wort und deutete mit dem Kinn auf Berthe.

»Meine Tochter kann alles hören. Und wenn Camille mit zwanzig Jahren noch nicht weiß, was ein Laster ist...«

Camille errötete trotzdem, denn sie dachte an ihren Stenografielehrer, der sie noch nie geküßt hatte.

»Was heißt hier Laster... Wofür hat dieser Mann sich je interessiert...? Für nichts...!«

»Für das Fotografieren«, murmelte Laurence.

»Zu wenig... Er war gar nicht ungebildet...«

Seltsam, daß man über Charles in der Vergangenheit redete, als wäre er tot! Laurence fühlte sich davon unangenehm berührt, obwohl sie im allgemeinen nicht empfindlich war, und hätte ein paar Sekunden lang am liebsten geweint. Allerdings hatte man immer noch kein Licht angemacht, so daß die Küche von einem tristen Dämmerlicht erfüllt war, das an Ascheregen erinnerte.

»Bei Dionnet hat es ihm bestimmt nicht gefallen. Und ehrlich gesagt, ich hätte diesen Posten ja nie angenommen...«

»Aber er hat ja nichts anderes gefunden!«

»Er hat sich nicht für Politik interessiert. Er hat nicht den Hanswurst gespielt, wie Bobinec.«

Dieser hatte das, so komisch es klingt, tatsächlich gemacht, und Céline war gezwungen gewesen, fünf Tage lang jeden Abend zu nähen, um ein gräßliches, von ihrem Mann entworfenes Kostüm eines komischen Sängers zu nähen.

»Also muß es da etwas anderes geben ...«

»Willst du nicht einmal einen Blick in seinen Schreibtisch werfen?«

Paul ließ sich lange bitten, zuckte herablassend mit der Achsel, betrat das Wohn- und Arbeitszimmer, und das war dann der Moment, da er sich fast auf Célines Baby gesetzt hätte.

Céline gab ihrem Kind dann bei der Gelegenheit die Brust. Sie machten Licht an.

»Was hat sich Henri denn vor allem angesehen?«

»Ich weiß nicht... so ziemlich alles ...«

Paul wirkte mit seinem Bart, dem gelblichen Teint, den kleinen Augen und der schwarzen Kleidung vor dem Zylinderbüro wie ein Virtuose, der von seinen begeisterten Anhängern zu einem schlechten Klavier gedrängt und zum Spielen aufgefordert wird.

Er war zehn Jahre älter als die älteste der Schwestern, fünfzehn Jahre älter als sein Bruder Arthur. Er war geboren, als ihre Mutter gerade erst zwanzig Jahre alt war. Er als einziger wußte, daß sie damals noch nicht verheiratet gewesen war oder vielmehr, daß die Hochzeit fünf Monate vor der Niederkunft stattgefunden hatte. Zu jener Zeit besaß sein Vater einen großen Gutshof. Daran konnte er sich noch erinnern. Er konnte sich sogar noch an den Verkauf an einem regnerischen Herbsttag erinnern, als der gesamte Hausrat draußen ausgebreitet war und eine Menge Leute aus der Umgebung gekommen waren, die nun die Schubladen aufzogen und die Sachen herumdrehten.

Laurence war in Paris geboren, wo ihr Vater Kutscher war. Das wußte sie nicht. In der Familie hieß es, daß er mit Pferden zu tun gehabt hatte.

Dann kam Lille, wo Vater Babin Vorarbeiter in einer Weberei gewesen war.

War er tatsächlich Vorarbeiter gewesen? Wieso Vorarbeiter, wenn er gar nicht vom Fach war? Er war doch gewiß nur Arbeiter gewesen! Handlanger vielleicht? Aber was spielte das für eine Rolle?

»Was hat er denn mit all dieser Tinte gemacht?« fragte Paul und setzte die Nickelbrille auf, die er auch in der Zeitungsdruckerei brauchte.

Laurence hatte keine Ahnung. Warum hätte sie sich denn Sorgen machen sollen über das, was Charles stundenlang trieb, wenn er sie nur in Ruhe ließ?

»Ich habe einmal gesehen, wie er Druckbuchstaben schrieb«, mischte sich Camille ein, bereute aber gleich, daß sie dies gesagt hatte, denn sie wußte nicht, ob es gut war.

»Was für Buchstaben?«

»Ich weiß nicht...«

Bobinec hatte sich wieder ans Harmonium gesetzt. Seine Frau stillte, sie hatte eine weiße glatte Brust aus der Bluse hervorgeholt. Laurence legte den Ofen nach.

»Wenn er ein Verhältnis hat, dann finden wir den Beweis dafür nicht in einem Schreibtisch, den man nicht abschließen kann...«

Laurence brach in Gelächter aus.

»Ein Verhältnis?«

»Warum denn nicht?«

»Er, Charles, ein Verhältnis? ... Mein armer Paul! ... Aber ich frage mich wirklich, wie er vier Kinder zustandegebracht hat!«

Sein Lächeln war aufdringlich, ließ an so ganz genaue Details denken! So sagte sie noch einmal:

»Mein armer Charles! ... Er und ein Verhältnis!«

Er war ja kein Mann, er war ein Schaf mit seinen welligen blonden Haaren, seinem Mädchenteint, seinen feinen weißen Händen. Vor allem mit diesen Händen, die alle bewunderten!

»Charles hat Künstlerhände ...«

Die Hände eines künstlerischen Fotografen, da er sich nur mit Fotografie befaßte!

»Mein armer Charles ...«

»Man hat schon alles erlebt. Es ist ja auch nicht unbedingt eine Frage der physischen Kondition.«

Camille errötete und drehte sich zur Wand, jetzt tat es ihr leid, daß sie nicht doch mit ihrer Kusine Steno geübt hatte. Céline hätte ihren Bruder wegen der Mädchen gern gebremst.

»Ein Mann sperrt sich doch nicht auf seinem Dachboden ein, wenn er nicht verrückt ist oder einen Schock erlebt hat ... In Wirklichkeit versteckt er sich ... Das ist doch eine Tatsache, daß er sich versteckt. Aber um sich zu verstecken ...«

Er trank einen Schluck Wermut, das Glas stand auf dem Schreibtisch.

»Nehmen wir jetzt einmal an, er hat eine Dummheit gemacht ... Aber was für eine? Er hätte Henri sagen können, was er von ihm hält und was wir im übrigen alle von ihm halten...«

»Paul!«

»Ja, was denn? Henri ist sein Schwager und reich, aber er ist trotzdem ein trauriges Individuum... Nur, wenn Charles das gemacht hätte, wüßten wir es. Er hätte auch jemanden umbringen können...«

An dieser Stelle brach Laurence in hysterisches Gelächter aus, so sehr war dieser Gedanke, daß ihr Mann hätte einen Mord begehen können...

»Paul!« warnte Céline wieder. »Du übertreibst...«

»Auch anständige Leute haben schon Morde begangen... Er hätte auch eine Fälschung machen können und Dionnets Unterschrift nachahmen«

»Reizende Familie!« brummte Bobinec.

»Was?«

»Ich sage ›reizende Familie‹...«

»Ich bitte euch«, flehte Céline, »streitet euch nicht!«

»Du siehst ja, daß dein Mann anfängt...«

Und Laurence, arglos wie immer, wandte ein:

»Wenn Charles gestohlen hätte, dann hätte er mir doch hoffentlich Geld für das Gas gegeben. Gerade vorgestern waren sie wieder da und haben gedroht, daß sie es mir abstellen.«

Was war das für ein Gefühl, das Camille veranlaßte, von den erstaunten Blicken ihrer Kusine verfolgt, auf Zehenspitzen hinauszugehen und bis zur Treppe zu schleichen? War es, weil sie spürte, daß man von ihrem Vater wie von einem Toten sprach, als wollte man ihn schon voreilig aus der Welt der Lebenden verdrängen, obwohl er doch noch...

Sie blieb regungslos in dem bläulichen Dunkel stehen. Die Laterne mit den bunten Gläsern brannte noch nicht. Alles war ruhig und still da oben. Mauricette las noch immer – sie hatte ihren Rock aufgemacht, der sie einengte – im runden Lichtschein ihrer Nachttischlampe und rauchte eine Zigarette nach der anderen.

»Aber man muß doch davon ausgehen, daß ihr Geld habt«, behauptete Paul, während er an seiner Pfeife zog.

»Wenn ich welches hätte...«

»Ich meine nicht du, Laurence... Sondern er...«

»Wenn das so ist, hat er nie mit mir darüber geredet...«

Laurence wollte ihm nicht glauben. Paul setzte genüßlich seine Pointen, trank noch einen kleinen Schluck.

»Sollte ich mich irren, oder ist dies hier ein Aktiencoupon?... Und zwar von einer amerikanischen Aktie, die gewiß viel wert ist...«

»Zeig her...«

Camille kam lautlos wieder herein. Ihre Kusine sah sie immer noch in der Hoffnung an, daß sie sich jetzt mit ihr beschäftigen würde.

»Du meinst, das ist ein Coupon?«

»Ein Coupon, der letzten Monat hätte eingelöst werden sollen...«

»Wo hast du den gefunden?«

»Hinten in dieser Schublade...«

Es trat eine Pause ein. Die Pfeife knisterte. Der Ofen schien darauf mit einem Bullern zu antworten. Auf den Kuchenresten und in der Zuckerdose waren Fliegen.

Ein Zug pfiff, zum erstenmal hörte man heute ein so lautes Pfeifen.

»Ich weiß gar nicht, was er...«

Das Baby in Célines Armen weinte, sie summte ihm ein Liedchen vor, blickte aber nach anderswo.

»Es ist doch unmöglich, daß...«

»Trotzdem ist dies hier ein Coupon, und dieser Coupon ist von einer Aktie abgeschnitten worden, die bei vorsichtiger Schätzung sechstausend Francs wert ist...«

»Was du nicht sagst!« rief Laurence aus.

Sie war doch verwundert. So hatte Charles also... Am liebsten hätte sie gelacht... Nein, das war doch unmöglich... er doch nicht!...

»Woher soll er denn diese Aktie gehabt haben, bei den zwölfhundert Francs, die er bei Henri verdient...«

Paul schloß langsam und feierlich die Rollklappe des Möbelstücks und suchte nach dem nicht vorhandenen Schlüssel.

»Es ist aber eine Tatsache!«

Er konnte jetzt die Brille absetzen, die Augen zusammenkneifen, einen Schluck Wermut trinken und seine Bartspitzen mit dem Pfeifenrohr abwischen.

»Du meinst also...«

Berthe näherte sich ihrer Kusine, denn all diese Geschichten, von denen sie nichts verstand, langweilten sie.

»Sollen wir nicht in dein Zimmer gehen?«

»Jetzt nicht...«

Es war wie bei der Urteilssprechung, und Paul war

der Richter. Er rauchte ruhig seine Pfeife und blickte zu Boden.

Nur Camille meinte, ein leises Geräusch an der Haustür gehört zu haben. Es war Lulu, die auf der dunklen Straße vor dem Haus die Schuhe auszog und den Schlüssel ganz vorsichtig ins Schloß steckte.

Sie sah Licht unter der Wohnzimmertür. Sie nahm den starken Tabakgeruch wahr, in den sich süßlicher Kuchen- und Alkoholgeruch mischte. Sie machte drei große Schritte. Auf der Treppe mußte sie darauf achten, nur die Stufen zu betreten, die nicht knackten. Sie mußte ganz schnell in ihr Zimmer, um sich zu waschen, so wie sie es Mauricette hatte tun hören, und einen Teil ihrer Unterwäsche zu verstecken.

Ob Georges' Freund das mit Absicht getan hatte? Sie lagen noch im Bett, als sich der Schlüssel im Schloß drehte. Georges hatte einfach nur gesagt:

»Du kannst reinkommen! Es ist vorbei...«

Sie hatte fast den Treppenabsatz des ersten Stockwerks erreicht. Sie sah nirgendwohin, am ehesten noch auf den Boden. Dann hob sie den Kopf wegen den Lichtstreifen, die Mauricettes Tür einrahmten.

Dann meinte sie zu ihrer Rechten... Sie blickte sich um, und erstarrte mit offenem Mund... Einen Augenblick lang blieb die Gestalt, die sie entdeckt hatte, bewegungslos stehen...

Ihr Vater war ebenso überrascht wie sie selber. Er hatte sich über das Geländer gebeugt, als wollte er horchen, was unten geredet wurde. Sie erkannte ihn kaum, weil er inzwischen einen Bart hatte.

Sie machte den Mund auf. Sie wußte nicht, ob sie

geschrien hätte, aber er legte jetzt mit einem Gesichtsausdruck, den sie noch nie an ihm gesehen hatte, einen Finger auf die Lippen. Da stand ihr Vater und gleichzeitig das Gespenst ihres Vaters vor ihr, ein Wesen, wie man es sonst nur im Traum sieht, und sie meinte auch, Dinge zu begreifen, die man ebenfalls nur im Traum begreift.

Er machte sie zu seiner Komplizin. Sie durfte nicht reden, nicht schreien, keine Geräusche machen. Auch er hatte sein Geheimnis! So wie sie ihr Geheimnis hatte! Auch er war unglücklich! Er war anders als die andern! Sie waren alle beide anders als die andern!

Pst! ... Er hob einen Fuß ... Er stieg eine Stufe hinauf, beugte sich aber immer noch übers Geländer ...

Sie mußte schweigen ... Ihr Vater flehte sie mit den Augen an, zu schweigen ... Und gleichzeitig drückte er damit so etwas wie ein geheimnisvolles Versprechen aus.

Pst! ... Die andern brauchten nichts davon zu wissen. Nur sie beide. Sie rang nach Luft. Sie rührte sich nicht vom Fleck.

Versprochen?

Plötzlich drehte er sich um und ging rasch in das obere Stockwerk hinauf. Sie hörte das metallische Klikken des Schlosses, dann Schritte, die jetzt nicht mehr gedämpft zu werden brauchten ...

»Bist du es?« fragte Mauricette mit verschlafener Stimme.

Wer du? Lulu antwortete nicht.

»Camille! ...« rief Mauricette jetzt. »Bring mir ein Stück Kuchen herauf ...«

Unten waren laute Stimmen zu hören. Bestimmt hatten Onkel Paul und Onkel Bobinec jetzt zu streiten angefangen. Céline stöhnte gewiß. Sie war schon daran gewöhnt. Sie befand sich immer zwischen zwei Feuern. Bobinec war nie von der Familie akzeptiert worden.

Auf einen Ellbogen gestützt, horchte Mauricette hinaus und wunderte sich, daß sie keine Antwort bekam. Sie hörte nur ein Kratzen, Geräusche von Mäusen, Lulu betrat endlich ihr Zimmer, schloß ab und machte sich in aller Eile daran, sich zu waschen und...

»Sei still, Bobinec! Hörst du? Wenn du nicht aufhörst...«

Das war Céline.

Paul hingegen lächelte aus seinem Bart und dem Rauch, der ihn umgab, wie ein Heiliger von einem Kirchenfenster.

»Ihr werdet eines Tages schon noch merken, daß ich recht habe und daß Charles ein Mann wie alle anderen ist...«

Dann, nach einer Pause:

»Sollen wir nicht zum Abendessen gehen?«

Denn es wäre zu kompliziert gewesen, für alle hier zu kochen.

4

Als Camille sie im kalten Morgennebel auf dem Trottoir eingeholt hatte, rief Lulu ihr entgegen:

»Du bist ja wohl sehr spät dran, Mädchen! Es wird besser sein, du nimmst die Straßenbahn und zahlst es mir zurück.«

Die Straßenbahn stand dort jenseits des Bahnübergangs mit brennenden Lichtern und beschlagenen Fensterscheiben.

»Ich habe ja gerade deshalb auf dich gewartet, weil ich zu Fuß gehen und mit dir reden wollte«, erwiderte Camille.

Morgens war sie blasser als sonst am Tag, mit verquollenen Gesichtszügen und verschlafenen Augen, aber man spürte ihr bereits all ihren guten Willen an, alles zu tun, was man von ihr verlangte, und sich dafür auch noch anherrschen zu lassen. Gewöhnlich ging sie früher weg als ihre Schwestern, weil ihre Chefin, die Korsettnäherin, sie schon um acht Uhr morgens zur Arbeit befahl, auch wenn es dann in dem Raum mit Mattglasscheiben noch so dunkel war, daß man lange Zeit das elektrische Licht anlassen mußte.

»Ich höre, Alte! Aber dann mußt du ganz schön loslegen ...«

Lulu ging rasch, wie immer, sie steckte dabei die Hände in die Manteltaschen, ihr langer Hals war nach vorn gereckt, und unter ihrer Baskenmütze lugten ein paar vorwitzige Haare hervor.

Der Pummel Camille keuchte schon wie ihre Mutter, und konnte kaum folgen.

»Hör mal, Lulu ...«

»Was?«

Lulu wußte schon, was ihre Schwester wollte, oder vielmehr, sie ahnte es, aber sie wunderte sich doch, woher sie etwas erfahren hatte.

»Was hast du gestern gemacht?«

»Ich war im Kino.«

»Das stimmt nicht.«

»Also, dann stimmt es eben nicht!«

Sie ging immer noch mit vorgerecktem Hals und machte große Schritte.

»Wo hast du das gemacht?«

»Wo soll ich was gemacht haben?«

Vielleicht war Lulu im Grunde gar nicht böse über dieses Gespräch? Sie war gerade erst sechzehn Jahre alt. Camille war zwanzig, fast einundzwanzig. Dennoch war das jetzt ihr, Lulu, passiert, und Camille empfand ihr gegenüber fast so etwas wie Bewunderung und Respekt.

»Geh doch nicht so schnell ... Hör zu ... Ich habe Mauricettes Birne gefunden ...«

»Na und?«

»Sie war in deinem Schrank, und noch naß ... Mit wem hast du es gemacht?«

»Was geht das dich an?«

»Hast du dir auch überlegt, was das für Konsequenzen haben kann?«

»Wie blöde du bist, Alte! Hat es vielleicht bei Mauricette Konsequenzen gehabt, die es schon seit über einem Jahr macht? War es das, was du mir sagen wolltest?«

»Du vergißt, daß du erst sechzehn bist...«

»Und du mit deinen zwanzig Jahren wartest immer noch ab... Ach, dort ist eine Kollegin von mir...«

Sie waren jetzt an der Brücke. Lulu stürzte los und machte:

»Psssttt!...«

Camille zuckte zusammen. Mitten in der Menschenmenge, die zur Arbeit eilte, fragte eine Stimme ganz nah an ihrem Ohr:

»Ist deine Mutter zu Hause?«

Es war Onkel Paul mit seinem großen Hut und seiner schwarzen Kleidung. Er arbeitete nicht zur gleichen Tageszeit wie die anderen Leute, weil die Zeitung spät gedruckt wurde. Er fing am späten Nachmittag an und machte erst in tiefer Nacht Schluß, wobei er im Gegentakt zu allen anderen aß und schlief, meist aß er um drei Uhr morgens in einem kleinen Restaurant an den Markthallen zu Abend. Er schlief nur wenig und behauptete, daß er nicht viel Schlaf brauchte.

Laurence suchte er fast regelmäßig um neun Uhr morgens auf, wenn diese noch nicht einmal Toilette gemacht hatte.

Zu den anderen ging er praktisch nie. Bei Céline mochte er nicht nur Bobinec nicht, sondern er konnte auch das Kindergeschrei und den Geruch dort nicht leiden. Und Élise konnte er nicht mehr besuchen, seit er mit Dionnet gebrochen hatte.

Er ging ohne Hast, mit nach außen gedrehten Fußspitzen, weil er Plattfüße hatte, und rauchte seine Pfeife. Er klopfte an den Briefkasten, und als seine Schwester aufmachte, sagte er nicht guten Tag, sondern brummte nur etwas, trat ein, als wäre er hier zu Hause und wandte sich der Küche zu. Diesmal hob er kurz den Kopf zu den oberen Stockwerken, womit er die Frage andeutete: »Immer noch da oben?«

Laurence antwortete mit einem Achselzucken, was soviel bedeutete wie:

»Natürlich! Er hat es sich nun einmal in den Kopf gesetzt...«

Paul hatte noch nie seinen Mantel an der Garderobe abgelegt. Er zog ihn immer erst in der Küche aus und legte ihn über einen Stuhl, setzte sich stumm hin, leerte den Inhalt seiner Pfeife auf den Boden, stopfte eine andere, denn er hatte immer zwei Pfeifen dabei, und machte dann, wenn es kalt war wie jetzt, das Backrohr des Küchenherds auf und legte seine Füße auf den heruntergeklappten Deckel.

Laurence putzte an jenem Morgen Gemüse für ihren Fleischeintopf. Sie wußte, daß es besser war, zu schweigen, wenn Paul da war. Er konnte eine Viertelstunde lang so dasitzen und nur dieses leise Röcheln aus seinem nassen Pfeifenrohr von sich geben.

Sie hatte sich schon öfters gefragt, weshalb er eigentlich hierher kam, ob das aus Anhänglichkeit an sie geschah oder weil er sich zu Hause nicht wohl fühlte. Denn es kam gar nicht selten vor, daß er dann, nachdem er eine halbe Stunde geschwiegen hatte, plötzlich aufbrach und seufzend sagte:

»Adieu, Mädchen ...«

Manchmal blieb sein Blick auch an dem kleinen Bild hängen, das zwischen Spiegel und Kalender an der Wand hing. Es war ein Ölgemälde in faden Farben. Paul hatte es in seiner Jugend selber gemalt, damals wollte er noch Kunstmaler werden. Merkwürdig übrigens, daß es nach den verschiedenen Aufteilungen ausgerechnet bei Laurence gelandet war und nicht bei einem der anderen Geschwister.

Das Gemälde stellte einen blühenden Obstgarten im Monat April dar, einen Teich mit Enten und Gänsen und im Hintergrund ein langgestrecktes weißgetünchtes Landhaus, Glyzinen am Haupteingang und einen Hund, der auf der Schwelle lag. In diesem Haus war Paul geboren. Er zog an seiner Pfeife, stieß kleine Qualmwolken aus, knarrte mit dem Korbsessel: alles Anzeichen dafür, daß er gleich etwas sagen würde.

»Weißt du, was Mama gemacht hat, bevor unser Vater sie heiratete?«

Es war ganz unnötig, darauf zu antworten. In Wirklichkeit führte er ein Selbstgespräch. Vielleicht war das der Grund, weshalb er immer zu Laurence kam: hier konnte er alles sagen, ohne daß es eine besondere Bedeutung bekam.

»Als unser Vater Mama kennengelernt hat, war sie Bedienerin in einem Café in Le Havre ...«

Immer wieder erstaunlich, was man auf diese Weise meist nur zufällig an Dingen über die Familie von ihm erfuhr, die doch so wichtig waren, daß man sich hinterher fragte, wie es nur möglich gewesen war, daß man sie so lange Zeit nicht gewußt hatte.

»Weißt du das genau?« rief Laurence aus. »In einem Café?«

In solchen Augenblicken wirkte er beeindruckend, er schloß die Augen halb und verharrte in feierlicher Bewegungslosigkeit. Da konnte man Bobinec schon verstehen, wenn er sagte, daß sein Schwager wie ein Rabbiner wirkte, denn er hütete die Familiengeschichte wie biblische Wahrheiten.

Diese Geschichte bekümmerte ihn sicherlich, denn er fing immer wieder davon an, erzählte sie aber nie ganz. Einmal berichtete er von ihrem Aufenthalt in einer kleinen Stadt Mittelfrankreichs, wo ihr Vater einen Lieferwagen gekauft hatte, mit dem er aus den Dörfern Gemüse abholte, dann wieder sprach er über des Vaters Abreise nach Tunesien, wohin die ganze Familie hätte nachkommen sollen, sobald er Fuß gefaßt hatte...

»In einem Café«, wiederholte er hämisch.

Und nachdem er seine Pfeife neu angesteckt hatte, starrte er geistesabwesend auf die Karotte, die seine Schwester mit einem spitzen Messer schabte, und sagte:

»Verstehst du, was das bedeutet?... Also ich bin sicher, daß damit alles angefangen hat...«

Laurence mochte ehrlich gesagt solche Gespräche nicht besonders, denn wozu sollte man sich mit Dingen beschweren, die vergangen waren, und es war ihr zum Beispiel unangenehm, zu erfahren, daß ihre Mutter Bedienerin in einem Café gewesen war. Sie hätte nun fragen können: »Was hat damit angefangen?«

Aber sie erhob sich, um die Ofenklappe zu schließen und Kartoffeln vom Kellereingang zu holen.

»Die Babins waren reich ... Zwei Generationen lang waren sie die Reichsten im ganzen Dorf, und das Bürgermeisteramt vererbte sich bei ihnen vom Vater auf den Sohn, als wären sie Schloßherren gewesen ... Und was ist dann passiert? ... Papas Bruder hat sich erhängt ... Papa hat eine Bedienerin geheiratet ... Und jeder einzelne von uns ist dann ...«

»Was meinst du damit?«

»Du verstehst das nicht ... Was ist denn zum Beispiel aus Arthur geworden, obwohl er studiert hat? ... Er hat sich in allen möglichen Berufen versucht, aber immer nur in ganz gewöhnlichen Berufen, und er hat eine sehr gewöhnliche Frau geheiratet ...«

»Findest du Clémence denn so gewöhnlich?«

Er hätte nun antworten können: »Genauso wie dich, Mädchen! Wie uns alle! Als hätte man uns die Lust am Gewöhnlichen, das Bedürfnis nach Gewöhnlichkeit in die Wiege gelegt ...«

Aber er hatte darüber noch nicht so genau nachgedacht. Dabei hätte er sich nur umzusehen brauchen. Laurence schuf überall allein durch ihre Anwesenheit eine volkstümliche Atmosphäre schlaffer Nachlässigkeit, in der Paul sich ja so gern aalte.

Bei Céline war es genauso. Konnte man sich eine gewöhnlichere Person als diesen Bobinec überhaupt vorstellen? Und bei Arthur, der in einer kleinen Zweizimmerwohnung mit Blick auf den Hof lebte?

Und sogar auch bei Élise, die von zu Hause ausbrach, um irgendwo in den miesesten Kneipen zu trinken!

»Du meinst, wir haben das von Mama?«

So konnte man das auch wieder nicht sagen. Es war

viel komplizierter, das Problem umfassender, ja an sich gar nicht zu fassen. Seit Jahren bohrte Paul ständig daran herum.

»Was glaubst du, warum alle Frauen in unserer Familie dick sind?«

»Woher soll ich das wissen?«

»Das liegt an eurer Leber...«

»Du weißt doch, daß ich nie etwas an der Leber gehabt habe. Céline ebenfalls nicht...

»Trotzdem müßt ihr beide das jetzt ausbaden, daß unsere Großeltern zuviel gegessen und getrunken haben...«

Sie hätte am liebsten gelacht. Das war immer so, wenn man ihr neue Horizonte öffnete.

»Was für eine Idee!«

»Arthur und ich hingegen haben vielleicht für andere Exzesse zu bezahlen... Weißt du, wie hoch der Prozentsatz an Syphilitikern in der Normandie ist?...«

»Du wirst doch wohl nicht behaupten, daß Papa...«

Er würde mit seinen Überlegungen schon noch einmal ans Ende kommen. Eines Tages würde er alle diese verschiedenen Einzelheiten zusammenbringen, und dann würde alles klar. Dann würde er endlich verstehen, warum sie allesamt trotz ihres guten Willens nie etwas erreichten und jedesmal, wenn sie versuchten, sich irgendwie zu erheben, gleich wieder in ihre geradezu unreinliche Mittelmäßigkeit zurückverfielen.

»Du quälst dich hier mit Fragen herum, die doch ganz unnütz sind. Kannst du nicht einfach leben wie jeder andere auch? Du hast eine gute Anstellung...«

»Ich wette, du weißt nicht einmal, wer der Vater

deines Mannes war. Ich habe darüber heute nacht beim Nachhausegehen nachgedacht... Dann habe ich auch noch in meinem Bett darüber nachgedacht... Es würde mich nicht wundern, wenn wir gerade da eine Erklärung finden könnten...«

Laurence ließ das Wasser aus dem Hahnen laufen und wusch ihr Gemüse in einem Emaileimer. Dann schob sie die Katze weg, die sich miauend an ihren Beinen rieb.

»Später! Ich kann ja nichts dafür, daß der Milchmann noch nicht da war!... Was hast du gesagt, Paul?... Kennst du Charles' Vater?«

»Ich habe ihn kennengelernt, als seine Mutter in der Rue aux Ours wohnte... Ich war damals noch ein kleiner Junge, aber ich kann mich sehr gut an sie erinnern, sie war eine schöne Frau, die immer mit vollen Waschkörben bei uns vorüberging...«

»Ich begreife nicht, wie man sich an so weit zurückliegende Einzelheiten erinnern kann... Ich kann mich fast an gar nichts mehr aus meiner Kindheit entsinnen...«

»Weil du einfach in den Tag hineinlebst...«

Sie wurde nicht böse, sondern brach in Lachen aus.

»Ach, jetzt leb ich schon in den Tag hinein!... Und Charles' Vater?«

»Das war ein Schwede...«

»Hm?«

»Ich sagte, das war ein schwedischer Student, ein Junge aus guten Verhältnissen, mit einem blonden Bart... Er hat als Volontär bei einem Reeder gearbeitet, um das Handwerk zu erlernen... Ich habe immer nur gewußt, wie er mit Vornamen hieß, Carl... Ich bin auch ziemlich sicher, daß selbst Charles' Mutter seinen Familiennamen nicht gekannt hat... Eines Tages ist er abgereist... Charles kam mehrere Monate später zur Welt, und sein Vater hat wohl nie etwas von seiner Existenz erfahren...

»Sodaß meine Kinder womöglich einen Großvater in Schweden haben?«

Sie schürte das Feuer, nahm einen Holzlöffel, um in den Zwiebeln zu rühren, die in einem Schmortopf brutzelten, der Geruch hing jetzt schwer in der Luft. Laurence sah irgendwie erschreckt diesen bärtigen Mann mit den funkelnden kleinen Augen an, der ihr Bruder war und so beunruhigende Wahrheiten aus der Vergangenheit hervorholte.

»Ich kann es kaum fassen!« seufzte sie und setzte sich. »Bist du ganz sicher?«

»Sicher!... Charles weiß es auch...«

»Er hat mir nie davon erzählt...«

»Und habe ich dir vielleicht je von Mama erzählt? Und hast du auch gewußt, daß unser Vater uns ein ganzes Jahr lang verlassen hatte, weil er eine Liaison mit einer Engländerin hatte und sich scheiden lassen wollte, um sie zu heiraten?«

»Genug jetzt, Paul!«

»Nimm einmal an, Charles' Vater wäre ein paar Monate, vielleicht auch nur ein paar Wochen länger in Rouen geblieben. Dann hätte er erfahren, daß seine Geliebte schwanger war. Er hätte sich um das Kind gekümmert...«

»Und Charles wäre jetzt in Schweden!«

Sie fing plötzlich zu weinen an, ohne selber genau zu wissen, warum. Als hätte ihr Bruder mit seiner Pfeife und seinen beschwörenden Reden einen lauwarmen Nebel um sie gebildet, der sie durchdrang und bis in die Fibern aufweichte. Die Zwiebeln spielten wohl auch eine Rolle dabei.

»Hast du nichts gehört?«

»Nein ...«

»Ich meinte, Schritte auf der Treppe gehört zu haben ... Zehnmal am Tag sehe ich nach ... Auch heute morgen habe ich ihm Wasser auf den Treppenabsatz gestellt ... Wenn ich darüber nachdenke, daß er Schwede ist ...«

Dann fuhr sie übergangslos fort:

»Hast du es Céline gesagt? ... Hör mal ... Es wäre mir lieber, wenn du es niemandem erzählen würdest ... Genauso wie das mit Mama ... Ich bin sicher, daß Céline darunter leiden würde, wenn sie wüßte, daß Mama als junges Mädchen ...«

Auf! Sie mußte sich zusammenreißen. Sie erhob sich, ihre Wangen waren noch naß.

»Du trinkst ja wohl einen kleinen Wermut?«

»Ein Glas Schnaps wäre mir lieber ...«

»Warte ... Ich weiß nicht, ob noch was da ist ...«

Es war noch ein kleiner Rest am Flaschenboden.

»Aber das wäre doch noch lange kein Grund, sich so einzuschließen ... Worauf hofft er denn? ... Früher oder später muß er sich doch zeigen ... Wie steht er denn da? ... Ein Mann, der schon große Töchter hat und solche Scherze treibt ...«

Sie fuhr hoch, weil die Klingel im Flur heftig läutete.

»Wer kann das sein? … Der Milchmann klingelt nicht …«

Paul blieb sitzen wie er war mit seinen Füßen im Backrohr und dem Schnapsglas, das er in der hohlen Hand wärmte. Laurence wischte sich, als sie am Spiegel vorüberging, die Augen ab und steckte ein paar Strähnen hoch, die immer wieder herunterfielen. An der Treppe hob sie den Kopf, das war jetzt schon ein Ritus, so wie man sich bekreuzigt, wenn man an einem Kruzifix vorbeikommt. Im Gehen murmelte sie:

»Das ist doch kaum zu glauben, daß …«

Sie machte die Tür auf. Direkt vor ihr auf der Türschwelle erhob sich die breite Gestalt ihres Schwagers Henri. Sie war so wenig auf ihn gefaßt gewesen, daß sie zusammenzuckte. Sicher glaubte er jetzt, daß sie Angst hatte. Sie versuchte zu lächeln und murmelte:

»Henri …«

Und er trat ein und wollte sich schon der Küche zuwenden. Ohne auch nur die Haustür zu schließen, stürzte sie ihm nach:

»Geh hier hinein, Henri …«

Wegen Paul! Die beiden sprachen schon seit Jahren kein Wort mehr miteinander, und man hatte eigentlich nie genau erfahren, was zwischen ihnen vorgefallen war.

»… hier herein … Geht es Élise gut?«

Sie schob ihn in das Wohnzimmer, hatte aber nicht bedacht, daß ja die zweiflügelige Tür zur Küche offen stand.

»Bist du allein?«

Im gleichen Augenblick entdeckte Henri Paul, der

sich nicht von der Stelle gerührt hatte und noch immer in seinem Korbsessel saß und die Füße im Backrohr hatte. Er sagte nichts und blieb mit seiner Melone auf dem Kopf stehen.

»Setz dich... Nun, was gibt es Neues?«

Arme Laurence, sie hätte es so gern allen rechtgemacht!

»Gib mir deinen Hut... Leg deinen Mantel ab... Sonst erkältest du dich nachher, wenn du hinausgehst...«

Es berührte sie peinlich, daß Henri das Gläschen in Pauls Hand sah. Als würde er ihr einen Vorwurf machen, daß sie andere Leute besser empfing als ihn.

Aber er war ja auch kein Mann, der ein Gläschen angenommen hätte. Also dann?

»Weißt du, daß er noch immer da oben ist? Heute morgen habe ich ihm Brot und Wasser hinaufgebracht, wie du es mir geraten hast... Wir hatten ihm auch heißen Kaffee gebracht, aber den hat er nicht angerührt... Weißt du, was Mauricette behauptet?... Daß er einen Kocher hat, denn sie hat Kaffeegeruch durch die Tür geschnuppert...«

Wen von beiden wäre sie nun lieber losgeworden? Sicher, Paul war ihr Bruder. Andererseits war Henri der reiche Mann und Charles' Chef.

»Bist du mit dem Auto gekommen?«

Er sagte trocken:

»Ich habe die Straßenbahn genommen...«

Sie wünschte, daß er die Unordnung nicht wahrnähme, die Teller mit den Kuchenresten vom Vortag, die schmutzigen Tassen und Gläser.

»Entschuldige, ich muß schnell nachsehen, ob nichts anbrennt!«

Sie sagte es nur, um Paul kurz ins Gesicht sehen zu können und sich mit einem Blick zu entschuldigen. Paul hatte verstanden. Er erhob sich langsam, mit Würde. Sie beugte sich über ihren Schmortopf mit den Zwiebeln und raunte:

»Komm etwas später wieder ...«

Er ließ sich Zeit, als würde er zu einer Reise aufbrechen. Er glättete seinen Bart vor dem Spiegel, rieb seine Hutkrempe mit dem Ärmel ab, leerte sein Glas Calvados und verkündete schließlich:

»Ich gehe jetzt ... Adieu Laurence ...«

Er hätte durch die Glastür und den Flur hinausgehen können. Aber er durchquerte absichtlich das Wohnzimmer, um ganz nahe an Dionnet vorüberzugehen, der keine Miene verzog.

»Vergiß nicht, was ich dir über Charles gesagt habe ...«

Was hatte er denn gesagt? Wozu diese Empfehlung? Wahrscheinlich nur, um eine Gelegenheit zu haben, sich noch einmal umzudrehen und Henri mit einem Blick ins Gesicht zu sehen, der ihn geflissentlich übersah und auf die Wand starrte.

»Bis später, Paul ...«

Sie kehrte zu ihrem Schwager zurück und knüpfte die Schürze auf.

»Achte nicht auf diese Unordnung hier ... Paul ist gekommen, und ich habe noch nicht einmal Zeit gehabt, mich zu waschen ...«

»Ich bin hier, um mit deinem Mann zu reden ...«

»Aber ... Du weißt doch genau, daß er sich immer noch einschließt ... Man kann zu ihm sagen, was man will, er antwortet einfach nicht ...«

Henri ließ sich nicht beirren.

»Er ist jetzt schon vier Tage nicht ins Büro gekommen ... Da warten einige Angelegenheiten ... Ich weiß nicht, wo er gewisse Unterlagen hat ...«

»Bist du verärgert?«

»Ich bin hier, um mit ihm darüber zu reden ...«

Sie wollte gerade sagen: »Geh hinauf, wenn du willst ...«

Aber er steckte seinen Zigarrenstummel wieder an und sagte mit seiner rauhen Stimme:

»Du hast doch sicher ein paar Einkäufe zu erledigen?«

»Ich?«

Laurence begriff nie auf Anhieb. Bei Paul war das nicht schlimm. Aber bei Henri ... Sie merkte an seinem Blick, daß sie sich dumm angestellt hatte, fühlte sich peinlich berührt und erzählte schnell:

»Das heißt, wenn du ein paar Minuten hierbleibst, könnte ich das ausnützen, um einkaufen zu gehen. Denk nur, ich traue mich schon gar nicht mehr, das Haus zu verlassen ...«

Er erhob sich und wartete, so wie er gewartet hatte, bis sein Schwager weggegangen war.

Sie eilte in den ersten Stock hinauf, schnappte einen Mantel, machte sich leidlich zurecht, vergaß ihren Geldbeutel, mußte noch einmal hinauf, um ihn zu holen, stürzte in die Küche, um den Ofen nachzulegen, der schon am Ausgehen war.

»Ich bin gleich zurück!« verkündete sie. »Möchtest du nicht etwas? Hast du Durst? Eine Zigarre biete ich dir nicht an, weil ...«

Weil sie keine im Hause hatte! Sie redete einfach, um irgend etwas zu sagen. Dann vergaß sie noch ihren Schlüssel. Als sie es draußen merkte, war es zu spät, und sie wagte nicht, Dionnet zu stören. Sie wußte nicht, was sie einkaufen sollte. Sie brauchte nichts. Sie hatte rosige Flecken auf den Wagen und spürte, wie ihr das Blut zu Kopfe stieg.

Wozu Henri bloß gekommen war? Wenn sie ein bißchen früher von zu Hause weggegangen wäre, hätte sie vielleicht noch Paul einholen und mit ihm darüber sprechen können, aber er war gewiß schon weit. Sie brauchte nicht bis in die Stadt zu gehen. Sie begnügte sich damit, ihre Einkäufe in den Geschäften hier im Viertel zu machen, denn sie war der Meinung, was man auf dem Markt sparte, gab man dafür für Straßenbahn oder Schuhsohlen aus.

Als sie gerade beim Gemüsehändler eintreten wollte, entdeckte sie ihren Bruder, der aus der Tabakhandlung kam, und stürzte ihm nach.

»Charles, sind Sie da?«

Henri wußte es ja genau, denn er hatte, als er oben am Treppenabsatz angekommen war, vom Dachboden so etwas wie Mäusetrippeln vernommen. Aber er mußte sein Gespräch ja irgendwie anfangen.

»Sie haben meine Stimme erkannt, nicht wahr? Hören Sie mich? Und ich nehme an, daß Sie immer noch nicht bereit sind, die Tür zu öffnen ...«

Er war noch in Mantel und Hut. Nur den Schirm hatte er unten stehen lassen. Der Treppenabsatz lag im Halbdunkel.

»Ich bin gekommen, um ernsthaft mit Ihnen zu reden... Erstens einmal möchte ich Ihnen eine Frage stellen... Kennen Sie eine gewisse Sylvie?«

Keine Antwort. Henri, der sich auf dem schmalen Treppenabsatz unbehaglich fühlte, beschloß, sich besser auf die oberste Stufe zu setzen. In dieser Haltung wäre er nicht gern überrascht worden.

»Sie brauchen keine Angst zu haben... Wir sind allein im Haus... Ich habe Sie gefragt, ob Sie eine gewisse Sylvie kennen... Aus der Tatsache, daß Sie nicht antworten, schließe ich, daß Sie sie kennen...«

Langes Schweigen. Henri fühlte sich bedrückt. Oder vielmehr, es kam von seinem Herz, das schon lange nicht mehr mitmachte. Aber er hatte mit niemandem darüber gesprochen und wollte auch nicht zum Arzt gehen, weil er Angst vor der Wahrheit hatte. Dies war auch der Grund, weshalb er seine Zigarre immer ausgehen ließ. Er hatte dann wenigstens die Illusion zu rauchen, ohne es wirklich zu tun.

»Gut! Das habe ich mir gedacht...«

Was hatte er sich gedacht? Daß Charles nicht antworten würde?

»Ich will jetzt ganz energisch mit Ihnen reden... Sie wissen, das ist meine Art... Wenn Sie mich nicht verstehen, macht das nichts, aber ich habe gute Gründe anzunehmen, daß Sie mich verstehen... Ich bin bereit, mich mit Ihnen zu einigen, klar?... Ich wiederhole, ich bin bereit, mich mit Ihnen zu einigen...

Damit keiner etwas merkt, ist es besser, wenn Sie nicht schon heute herauskommen, denn man könnte dann einen Zusammenhang mit meinem Besuch herstellen... Morgen oder später, spätestens aber innerhalb der nächsten achtundvierzig Stunden suchen Sie mich auf, als wäre nichts geschehen...«

Ein lautloses Lachen ist natürlich lautlos. Man kann es also nicht hören. Trotzdem hatte Dionnet den Eindruck, daß Charles mit halboffenem Mund, aber geräuschlos lachte und auf die Wand sah, als wäre sie durchsichtig für ihn.

»Mehr habe ich Ihnen nicht zu sagen... Sie werden ja Ihre Bedingungen stellen, ich kann nur hoffen, daß diese vernünftig sind...«

Auf dem Dachboden fiel ein Glas zu Boden und zerbrach. Dionnet, der abergläubisch war, fragte sich, ob dies wohl ein weißes Glas gewesen war.

»Wollen Sie mir nicht antworten?«

»Nein!«

Das kam so unerwartet, daß er Angst bekam. In jedem anderen Augenblick war er darauf gefaßt gewesen, Charles' Stimme zu hören, aber nicht in diesem.

Und auch nicht mit dieser sanft ausgesprochenen einzigen Silbe!

»Ich wiederhole, Sie haben achtundvierzig Stunden... Ich weiß, daß Sie vernünftig sein werden...«

Er hatte es jetzt eilig, hinunterzukommen. Er fühlte so etwas wie Gefahr um sich.

»Auf Wiedersehen, Charles...«

Er befand sich bereits auf der vierten Stufe.

»Achtundvierzig Stunden...«

Er ging hinab, erreichte den Flur, ging unter der Laterne mit den bunten Glasscheiben durch und öffnete die Haustür. Diese schloß sich schon im nächsten Augenblick hinter ihm. Er stieg nicht schon an der ersten Haltestelle gleich am Bahnübergang in die Straßenbahn, sondern erst sehr viel weiter, denn er hatte das Bedürfnis, zu Fuß zu gehen.

Eine Viertelstunde später klapperte Laurence mit ihrem Einkaufsnetz am Arm am Briefkasten, sah durchs Schlüsselloch in den leeren Flur, klingelte, wartete, klingelte nochmals. Da es erst halb elf war, blieb ihr gar nichts anderes übrig, als in die Stadt zu gehen und von einer ihrer Töchter den Schlüssel zu holen.

Sie entschied sich für Lulu. Als sie ankam, kniete diese in ihrer engen schwarzen Kittelschürze gerade vor einem Kind, dem sie Lackschuhe anprobierte. Laurence hatte keinen Hut auf. Eine andere Verkäuferin, die sie nicht kannte, wollte sie bedienen.

»Danke... Ich komme wegen meiner Tochter...«

»Was willst du?«

»Hast du deinen Schlüssel dabei?«

»Sag bloß! Hast du wieder deinen Schlüssel vergessen?«

Sie mußte ihn erst aus ihrer Handtasche in der Garderobe holen. Der Geschäftsführer beobachtete sie beide.

Kaum war Laurence gegangen und die Kundin mit dem Kind bedient, rief er:

»Mademoiselle Lucienne!«

Sie näherte sich kratzbürstig.

»Was war da los?«

»Meine Mutter hatte ihren Schlüssel vergessen ...«

»Das soll aber nicht mehr so oft vorkommen ... Die Kundschaft leidet darunter ...«

Sie schluckte ihren Ärger hinunter. Sie lächelte sogar, weil er sie ansah und sie genau merkte, daß was er da sah, ihr Busen unter der schwarzen Kittelschürze war, der sich in letzter Zeit entwickelt hatte.

»Gut, M'sieu!«

5

Auch wenn man sie eingeschlossen hätte, wäre sie weggelaufen und dazu notfalls eben aus dem Fenster gesprungen. Nicht, weil sie draußen etwas ganz Bestimmtes zu erledigen gehabt hätte, sie mußte einfach weg. Und im übrigen, wie viele Abende in der Woche, im Monat verbrachten die Mädchen zu Hause, einschließlich dieser scheinheiligen Camille, die sich jetzt die Sache mit der Stenografie hatte einfallen lassen...

Lulu hatte ihr am Schluß über den Tisch hinweg die Zunge herausgestreckt, so sehr ging es ihr auf die Nerven, von ihrer Schwester dauernd angesehen zu werden. Wenn man Camilles runde Augen sah, mußte man ja geradezu denken, daß mit Lulu eine Katastrophe passiert und sie nicht mehr ein Mädchen wie alle anderen, eine Dupeux, war, sondern daß sie sich in ein ganz außergewöhnliches Wesen verwandelt hatte.

Arme Camille! Was für ein Drama würde es geben, wenn sie an der Reihe war. Sie hatte sich doch tatsächlich in den Kopf gesetzt, Lulu in den dunklen Flur nachzugehen und sie am Arm zurückzuhalten, als sie gerade die Haustür aufmachen wollte.

»Wohin gehst du?«

»Was geht dich das an?«

»Ich verbiete dir, dort hinzugehen... Wenn du wieder dort hingehst, sage ich es...«

Ein Ruck und Lulu, die wie gewöhnlich herumzappelte wie ein Hampelmann, war mit einem Achselzukken draußen und stürzte auf den Bahnübergang zu.

Sie wollte jetzt einfach mit Georges an den Quais entlanggehen. Nicht mehr. Nicht einmal eingehängt. Im Gegenteil, einfach so, den Booten nachsehn, stehenbleiben, Bewegungen machen, sich bücken, um einen Stein aufzuheben... Sie redete vor sich hin, das war eine Manie von ihr. Sie sprach Sätze aus, die sie nachher sagen würde, ganz unwichtige Sätze, die mit dem, was geschehen war, nichts zu tun hatten.

Es war halb neun Uhr abends, als sie die Boïeldieu-Brücke überquerte. Sie merkte sofort, daß Georges schon lange wartete, denn er stand nicht mehr hinter dem Zeitungskiosk, sondern an der Gehsteigkante und zog eine Grimasse, die bedeutete: »Du hast aber lange gebraucht!«

Die Quais, die Schiffe, die Holzklötze, die Haufen von Waren aller Art, das alles lag links, aber Georges nahm sie am Arm und führte sie immer geradeaus.

»Wohin willst du denn?« fragte sie.

Die Szene spielte sich inmitten einer großen Menschenmenge, zwischen Straßenbahnen, Autos und nur fünf Meter von einem Verkehrspolizisten entfernt ab.

»Zu dem Freund...«, sagte Georges halblaut und preßte Lulus Arm mit den Fingern.

»Das geht doch nicht... Du hast gesagt, daß er abends immer zu Hause ist...«

Sie merkte, daß er verlegen war. Er blickte zu Boden, während er sprach, und gab ein kurzes Lachen von sich, das ihr nicht gefiel.

»Was macht das schon?... Er hat seine Freundin, Lucette... Wir machen das Licht aus...«

Sie hatten gerade den Gehsteig verlassen, um die Straße zu überqueren. Lulu blieb abrupt stehen, als wäre plötzlich ein Auto gekommen. Ebenso brüsk wandte sie sich ihrem Begleiter zu, und mit ihren zerzausten Haaren und den funkelnden Augen sah sie aus wie ein wütendes kleines Tier, ein sehr lebhafter Vogel oder auch wie ein Eichhörnchen oder ein Wiesel.

»Mistkerl!« brachte sie heraus, während sich etwas in ihrer Brust umdrehte.

»Sag mal...«

Lulus Arme fielen herunter.

»Mistkerl!... Mistkerl!...«

»Bist du bald fertig, wie?«

Er schüttelte sie, und da er merkte, daß es ernst war, fiel ihm nichts anderes ein, als sie mitten ins Gesicht zu schlagen. Die Antwort war ebenso schnell, zweimal schlug Lulus Hand mit gekrümmten Fingern zu, sodaß die spitzen Nägel seine Wangen zerkratzten.

»Da hast du's!« schloß sie, machte kehrt und entfernte sich halb laufend, halb gehend. Sie sah den Polizisten. Sie sah, wie eine Straßenbahn direkt vor ihr hielt. Sie wandte sich nicht um. Auf der anderen Brükkenseite fing sie zu schluchzen an und sagte immer wieder: »Mistkerl!...«

Sie hatte kein Taschentuch. Sie vergaß immer ihr Taschentuch. Sie lief in der Dunkelheit an all den Häusern vorbei. Sie stieß mit einem dicken Herrn zusammen, der sich umdrehte, um ihr nachzusehen, wie sie davonlief.

Ein Glück wenigstens, daß sie ihren Schlüssel dabei hatte! Sie zog an der Schwelle zuerst ihre Schuhe aus und öffnete dann die Tür. Trotz aller Vorsicht knackte eine Stufe, und diese dumme Pute Camille erschien an der Glastür zur Küche.

»Bist du es?«

»Ich gehe schlafen.«

Es war höchste Zeit. Kaum lag sie voll angekleidet bäuchlings auf dem Bett, brach sie in heiseres Schluchzen aus, das ihr Kopfkissen nicht erstickte. Sie hatte das Gefühl, daß sie ewig so weiterweinen würde mit diesem Salzgeschmack im Mund und am ganzen Körper geschüttelt, es war ihr, als sei sie in einen bodenlosen Abgrund gesunken. Sie hatte kein Licht angemacht. An der Zimmerdecke war nur der durch die Tüllgardinen mit Rankenmuster gedämpfte Widerschein der Bogenlampen an der Eisenbahnlinie zu sehen. Ein merkwürdiges Zittern durchbebte das Haus und brachte Türen und Fußböden zum Vibrieren: Camille nähte an der Maschine. Sie hatte Stoff gekauft, um sich ein neues Kostüm zu nähen. Auch Mauricette war unten. Sie opferte einen Abend, um ihre Blusen zu bügeln, denn sie behauptete, daß ihre Mutter sie nicht schön genug bügelte.

»Lulu ...«

Sie erstarrte, und ihre Tränen versiegten. Sie wagte nicht gleich, sich umzusehen.

»Lulu ...«

Sie wußte, daß er da war, daß es ihr Vater war. Sie sah ihn jetzt durch ihre gespreizten Finger im Dunkeln stehen, nur sein Gesicht und die Hände wirkten bleich ...

»Komm einen Augenblick ...«

Sie hätte sich am liebsten in ihr Bett verkrochen und sich dort festgekrallt... Sie hatte Angst.

»Komm...«

Dennoch gehorchte sie. Es war wie ein Schwindelanfall. Sie unterdrückte ihr Schluchzen und folgte ihrem Vater auf die dunkle Treppe.

»Geh rein...«

Sie zauderte eine Sekunde lang, als wäre es gefährlich gewesen, durch diese seit Tagen geschlossene Tür zu gehen.

Ein merkwürdiges Gefühl nahm ihr den Atem; sie wußte ja, daß dieser Mann, den sie nicht sah, ihr Vater war, und dennoch spürte sie ihn nicht. Sie hatte ebensoviel Angst, wie wenn ein Fremder sie auf der Straße plötzlich in eine Sackgasse gestoßen hätte.

Sie stand jetzt in einer unbekannten Umgebung, denn dies war nicht mehr der Dachboden, wie sie ihn kannte. Das Büffet befand sich an einer anderen Stelle und ließ gerade nur soviel Platz an der Tür, daß man sich hereinschlängeln konnte. Da war eine Kerze mit einer flackernden Flamme wie in der Kirche bei der Frühmesse, wenn der übrige Raum noch im Dunkeln liegt und man nur alte Frauen Gebete murmeln hört.

Am verwirrendsten war, daß ihr Vater mit einem Bart vor ihr stand, mit dem er aussah wie Christus. Sie erkannte ihn, ohne ihn zu erkennen. Es kam ihr so vor, als hätte sie ihn niemals richtig betrachtet und als ob sie gar nichts über ihn wüßte. Er setzte sich auf eine Kiste. Daneben hatte er ein Feldbett aufgestellt, in dem man noch den Abdruck seines Körpers sah, und Lulu wäre am liebsten zurückgewichen.

»Setz dich ... Was hat man dir denn angetan?«

Jetzt merkte sie erst, daß sie nicht mehr weinte, aber glühende Wangen und glänzende Augen hatte. Bestimmt war ihre Nase rot und die Lippen so geschwollen wie immer, wenn sie geweint hatte, worüber die andern dann lachten.

»Nichts ...«

Um Zeit zu gewinnen, sah sie sich um. Hier also hatte er in diesen letzten Tagen gelebt, während alle über seinen Fall redeten und zu begreifen suchten, was los war.

Dies war kein Dachboden mehr. Auch die Kerzenflamme trug dazu bei, daß hier eine geradezu mittelalterliche Atmosphäre herrschte und man an alte Folianten, an Radierungen in Büchern, an eine Mönchszelle oder das Kabinett eines Alchimisten dachte.

Und daß Charles seinen weißen Hemdkragen offen über dem dünnen Hals trug, veränderte ihn auch, er wirkte jünger und hatte ein romantisches Aussehen.

»Setz dich, Lulu ... Man könnte ja meinen, du hast Angst ...«

Sie schüttelte energisch den Kopf. Sie hatte keine Angst, fühlte sich aber unbehaglich. Am meisten beeindruckte sie das Gefühl, ihrem Vater zum erstenmal richtig ins Gesicht zu sehen. Komisch, sie konnte ihn sich plötzlich gar nicht mehr ohne Bart vorstellen, obwohl sie ihn doch ihr Leben lang immer nur so gesehen hatte, und sie hätte sich auch seine Stimme nicht mehr richtig vorstellen können, wenn er jetzt nicht gesprochen hätte.

Und beobachtete er sie nicht auch voller Neugier?

Sie setzte sich nicht. Sie wollte sich nicht setzen. Sie blieb steif stehen. Sie wurde von einem Schluckauf geschüttelt und mußte die Nase hochziehen.

»Bist du unglücklich?«

»Nein, nein!« sie schüttelte den Kopf.

»Meinetwegen?«

Auch das nicht. Aber grundlos würgte ein neuer Weinkrampf ihre Kehle.

»Wegen deiner Mutter?«

Aber nein! Warum fragte er so viel?

»Wegen einem anderen? ... Deinem Liebhaber?«

Ihre Lippe kräuselte sich. Gleich würde sie wieder losschluchzen.

»Nein! ...« rief sie unter Tränen aus.

Sie wußte nicht, was mit ihr geschah. Warum quälte man sie? Warum sah man sie so an? Und was ...«

Sie wandte sich um und wurde sich bewußt, daß einen das Surren der Nähmaschine bis hier oben verfolgte. Dann hörte es plötzlich auf. Eine Stimme erhob sich. Sie erkannte deutlich, daß es Camilles Stimme war, doch was sie sagte, war nicht zu verstehen. Mauricette antwortete. Die Maschine lief weiter ...

So konnte man also in dieser Dachkammer alles mitverfolgen, was sich im Hause abspielte. Das lag wahrscheinlich daran, daß die Abzugsrohre der Kamine, die hier an der Wand durchliefen, die Geräusche leiteten.

»Willst du mir nicht sagen, warum du so unglücklich bist?«

Was interessierte ihn das? Er hatte sich doch nie um sie gekümmert! Und hatte sich hier im Haus je einer um den andern gekümmert? Jeder machte doch, was er wollte, und hatte überhaupt nur eines im Kopf: nach dem Essen so schnell wie möglich wegzugehen. Mit Ausnahme von Camille, die sich jetzt, da ihre Schwester nicht mehr Jungfrau war, plötzlich so sehr für sie interessierte! Was hatte das schon zu sagen!

»Was reden sie da unten?«

Sie schüttelte den Kopf. Sie konnte nicht sprechen. Wußte sie vielleicht, was sie redeten?

Die Panik von vorhin, als sie Georges das Gesicht zerkratzt hatte, ergriff sie nun wieder.

»Hat er dir etwas angetan, Lulu? War es das?«

Sie blickte ihm in die Augen. Sie antwortete nicht.

»War es das?« fragte er noch einmal.

Was das? redete er wie Camille von...

»Die Männer sind zum Kotzen!« brach es aus ihr hervor, während die Tränen wieder flossen und ihre Nasenflügel bebten.

Damit meinte sie alle, vielleicht sogar auch ihren Vater, der sie erstaunt ansah.

»Zum Kotzen. Mistkerle...«

Was sah er sie immer so an, fast ohne Gefühlsregung, als wäre er einfach nur erstaunt, sonst nichts. Und murmelte er jetzt nicht mit seiner allzu sanften Stimme, die nie laut wurde:

»Mehr war nicht?«

»Da war... da war... er wollte, daß wir zu viert...«

Was sollte sie tun! Sie konnte es nicht mehr aushalten. Ihre Finger, ihre Arme, alle Nerven taten ihr weh und schienen sich verkrümmen zu wollen.

Sie warf sich an die gekalkte Wand und weinte mit dem Kopf zwischen den Händen hemmungslos.

Er rührte sich nicht. Er näherte sich nicht, um sie zu trösten, ihr auf die Schulter zu klopfen. Er betrachtete ihren schwarzgekleideten Rücken, den schmalen Nakken, die aufgelösten Haare. Trotz all ihrer Verwirrung hörte Lulu aber hastige Schritte auf der Treppe. Sie dachte: »Dieses Miststück Camille! . . .«

Und tatsächlich hörte man im gleichen Augenblick Pantoffeln über den Treppenabsatz huschen, und eine gedämpfte Stimme fragte:

»Lulu, bist du da?«

Und Lulu hatte wieder kein Taschentuch! Sie mußte sich schneuzen! Sie war von allem angewidert! Sie war wütend!

»Gib!« sagte sie genervt und riß ihrem Vater das Taschentuch aus der Hand, das er gerade aus der Tasche gezogen hatte.

Dann sah sie ihn herausfordernd an:

»War das alles, was du wolltest?«

Er fand keine Antwort. Er geisterte wie ein Schatten herum mit seinen aschgrauen Haaren, dem etwas rötlichen Bart und dem weißen Fleck, den das über seinem Hals aufspringende Hemd bildete.

Lulus Blick blieb an einem sehr materiellen Detail hängen: Als sie den Kopf schüttelte, sah sie plötzlich eine kleine Dose, die auf einer Kiste stand. Es war eine Dose Hummer!

Im selben Augenblick drehte sie sich auf dem Absatz herum und riß voller Angst, daß sie abgeschlossen sein könnte, die Tür auf.

»Was treibst du hier?« schrie sie Camille an, die sich schlaff auf dem dunklen Treppenabsatz duckte.

Sie ging hinunter.

»Lulu! ...« rief ihre Mutter, die schon in ihrem Schlafzimmer war und sich gerade auszog.

»Was?«

»Was hat er zu dir gesagt?«

»Nichts ... Und du, was starrst du mich so an? ... Ist dies hier vielleicht dein Zimmer? ... Nein! ... Also dann, hau ab ...«

Sie schob Mauricette hinaus. Zehn Minuten später lag sie im Bett und redete halblaut vor sich hin, während sie auf die Lichtzeichnungen an der Decke starrte:

»Jawohl, ich gehe ... Daran können sie mich nicht hindern ... Ich gehe wie Marie, und ich kann ihnen auch nicht helfen, wenn ...«

Genau! Sie würde auch auf den Strich gehen, wenn es nötig wäre. Sie haßte sie alle, und ihre Onkels und Tanten erst recht. Sie würde gehen ...

Sie konnte auch nichts daran ändern, wenn ...

Sie stopfte sich einen Zipfel ihres Lakens in den Mund, damit dieses Miststück Camille sie nicht weinen hörte.

Der folgende Tag war Mittwoch, und der Mittwoch verlief nicht ganz so wie die übrigen Tage. Bobinec hatte eine Schwester, die in einem Vorort jenseits des Flusses wohnte. Sie hieß Julia. Ihr Mann war bei der Bahnpost und fast nie zu Hause.

Seit sie vor zwei Monaten einen großen Jungen geboren hatte, war sie krank und hatte bis jetzt noch nicht aufstehen können. Man ging abwechselnd zu ihr, um sie zu pflegen und ihren Haushalt zu versorgen. Mittwochs war Laurence an der Reihe. Sie ging früh morgens weg und kam erst abends zurück. Die Mädchen aßen in der Stadt.

Es war ein grauer Tag, einer jener Tage, bei denen man nur wartet, daß er vorübergeht und den man in einem langsamen Rhythmus, aus Gewohnheit und weil er eben gelebt werden muß, lustlos und schlaff verbringt, ohne es so recht zu merken. Laurence kaufte Trauben für Julia, die blaß und schweißnaß in ihrem Bett lag und mit ersterbender Stimme sprach. Laurence machte kleine Wäsche, was ihre Lieblingsbeschäftigung war und nahm dann um fünf Uhr die Straßenbahn zur Stadt zurück.

Ein Detail, an das sie sich dann später noch erinnerte, war, daß sie auf die Idee kam, bei Dionnet vorbeizugehen. Einfach so. Wollte sie ihre Schwester besuchen? Eigentlich nicht... Sie ging dann nur deshalb nicht, weil sie ihrer Nachbarin, Madame Josse, begegnete und den Heimweg lieber mit ihr gemeinsam machte. Sie kaufte noch Wurstwaren bei Madame Josse.

Dann machte sie als erstes Feuer und setzte Wasser auf.

Merkwürdigerweise fühlte sie sich ein wenig unbehaglich. Aber sie schob dieses Unbehagen auf die feuchte Kälte, denn das Haus war den ganzen Tag ungeheizt gewesen. Es herrschte eine ungemütliche Atmosphäre. Sie sah auf die Uhr und ging in ihr Zimmer hinauf, um sich umzuziehen. Und da schob sie plötzlich die Brauen zusammen. Im ersten Augenblick wußte sie noch nicht, was sie verwunderte. Da war ein Geruch... Der Geruch von Rasierseife und dem Kölnisch Wasser, das sie selber nie gebrauchte. Der Kleiderschrank stand offen, und sie war fast sicher, ihn geschlossen zu haben.

Der Rasierpinsel war noch voller Seifenschaum, der noch nicht angetrocknet war. Sie sah nach oben. Ohne ihre Toilette zu beenden, stieg sie die Treppe hinauf. Sie hatte ein wenig Angst und hätte am liebsten gewartet, bis eine ihrer Töchter nach Hause kam, bevor sie weiter hinauf ging. Aber sie faßte Mut, als sie sah, daß die Tür zum Dachboden offen war.

»Charles!« rief sie.

Ihre Stimme fand kein Echo. Das Erstaunlichste war, daß der Dachboden wieder aussah wie früher. Das Buffet stand an seinem Platz, die Kisten und die alten Möbel waren an der Wand aufgetürmt.

»Charles ...«, rief sie noch einmal, während sie hinunter ging.

Im Haus herrschte erschreckende Leere. Laurence überraschte sich dabei, wie sie murmelte:

»Was ist ihm denn plötzlich in den Sinn gekommen?«

Es hätte nicht viel gefehlt, und sie wäre vor die Tür gegangen, um draußen auf jemanden zu warten, genauso wie sie es auch als kleines Mädchen getan hatte. Damals saß sie stundenlang an der Türschwelle, nur um nicht allein im Haus bleiben zu müssen.

Camille kam als erste heim.

»Dein Vater ist weg!« verkündete Laurence.

Camille war ebenso sprachlos wie sie.

»Wohin ist er?«

»Ich weiß nicht ...«

Laurence konnte sich nicht enthalten, eine kleine

Handbewegung zu machen und jetzt, da sie nicht mehr allein war, irgendwie erleichtert zu sagen:

»Ausgeflogen!«

Zur gleichen Stunde kehrte Henri Dionnet mit dem Wagen aus Le Havre zurück. Er fuhr nicht selber. Sein Lagerverwalter diente ihm auch als Chauffeur, wenn er wegfahren mußte, man hatte ihm auch eine mausgraue Uniform anfertigen lassen.

An der Place du Vieux-Marché herrschte eine anheimelnde Atmosphäre durch all die Lichter und das lebendige Treiben in den Kaufhäusern und kleinen Läden. Bevor er ausstieg, zündete Henri seine Zigarre wieder an und seufzte als der bedeutende Mann, den man jetzt zwang, sich von der Stelle zu bewegen.

Er hatte die Gewohnheit, bevor er hineinging, vom Gehsteig aus einen Blick durch die Schaufenster zu werfen. Die drei Verkäufer und Mademoiselle Thérèse bedienten Kunden, in der Mehrzahl Lebensmittelhändler vom Lande, die einmal in der Woche oder einmal im Monat hier ihre Bestellung aufgaben. Ein Fuhrwerk kehrte gerade zurück. Dionnet stieg die schmale Steintreppe hinauf, die zum Büro führte. Noch bevor er ganz oben war, blieb er überrascht stehen, weil er hinter der Scheibe eine Gestalt sitzen sah.

Es war Charles. Er saß wie gewohnt über das Hauptbuch gebeugt mit einem grünen Augenschirm an seinem Platz.

Dionnet machte kehrt und betrat das Geschäft.

»Mademoiselle Thérèse ... Um wieviel Uhr ist Monsieur Charles gekommen?«

»Warten Sie ... Heute morgen habe ich ihn nicht

gesehen, aber heute nachmittag hat er wie gewohnt seinen Dienst angetreten...«

»Hat er etwas gesagt?«

»Nein, nichts...«

»Hat er mit Madame gesprochen?«

»Madame war nicht hier unten...«

Dionnet mußte wieder seine Zigarre anstecken und seufzte noch einmal. Er überlegte, ob er zuerst seinen Mantel mit dem Samtkragen und den Hut ablegen sollte. Nein! Er wirkte eindrucksvoller, massiger so! Vor der Tür atmete er tief durch und drückte die Klinke.

Aber als er nun eintrat, hob Charles nicht einmal den Kopf. Soviel Dionnet auch hüstelte, hin und herging, in seinen Unterlagen kramte: sein Schwager blieb in seine Arbeit versunken.

»Ich bin froh, daß Sie wieder da sind!« bemerkte Henri schließlich und spielte mit seiner Uhrkette.

»Entschuldigen Sie mein Fehlen, aber ich habe mich in den letzten Tagen nicht wohlgefühlt...«

Was sollte das bedeuten? Charles hatte das gleiche Gesicht wie immer, seinen friedfertigen, ein wenig bedrückten und resignierten Ausdruck unter dem aschblonden lockigen Haar.

»Hören Sie mal, Charles...«

Es war klar, daß er sich absichtlich nicht rührte und ins Hauptbuch vertieft dasaß. Es war sehr warm. Das Büro war stets überheizt, weil man wegen der Trennwände aus Glas immer einen eiskalten Hauch auf den Schultern spürte, wenn man den Ofen nicht auf die höchste Stufe stellte.

»Meinen Sie nicht, daß Sie mir eine kleine Erklärung schuldig sind?«

»Ich glaube nicht«, erwiderte Charles, ohne den Kopf zu heben.

Nun verlor Henri die Fassung und rollte mit den Augen. »Ach, Sie meinen, wirklich nicht?«

»Ich habe mich doch entschuldigt, oder? Ich fühlte mich tatsächlich sehr erschöpft. Jetzt, da ich meinen Dienst wieder aufgenommen habe... Bis morgen abend ist die Buchhaltung wieder auf Vordermann...«

»Und Sylvie?«

Er sah ihn voll an. Charles hob den Kopf, und hatte wieder jenen verwunderten Blick, für den man ihn manchmal schon am liebsten geohrfeigt hätte.

»Welche Sylvie?«

»Sie wollen mich also wirklich nicht verstehen?«

Er log! Aber wie sollte man ihn dazu zwingen, daß er das eingestand, da er doch hier die ergebene Haltung eines vorbildlichen Angestellten einnahm? Eines mehr als vorbildlichen Angestellten! Er übertrieb es! Aber man konnte beim besten Willen nicht den leisesten Anflug von Spott in seinem Gesicht erkennen!

»Ich wüßte nicht, was...«

»Und Sie meinen auch nicht, daß es da noch eine Rechnung zu begleichen gibt... Sie können sich wohl nicht an gewisse mit farbiger Tinte geschriebene Briefe erinnern?«

»Briefe von wem?«

»Sie haben in Ihrem Schreibtisch ein Kästchen mit Farbtinten...«

»Ja... Die habe ich, als die Kleinen noch in der

Schule waren, immer dazu benutzt, ihre Landkarten zu zeichnen ...«

Henri war auf alles gefaßt gewesen, nur nicht auf diese Haltung. Er sah seinen Schwager jetzt mit einer Verwirrung an, in die sich eine Art ängstlicher Respekt mischte. Gewissermaßen hatte er den Eindruck, Charles zum erstenmal richtig zu betrachten, obwohl dieser doch seit über zehn Jahren Tag für Tag von morgens bis abends auf diesem Platz hier saß!

Laurence sagte über ihren Mann:

»Er ist scheu wie ein Kaninchen!«

Und Élise setzte sich an ihren guten Tagen, wenn sie nicht gerade mitten in einer Novene war, bei ihrem Mann für ihn ein:

»Du solltest den armen Kerl nicht so streng anfassen. Er tut, was er kann ... Er hat nie Glück gehabt ...«

Martine, Dionnets Tochter, die nur ins Büro kam, um sich Geld zu holen, verkündete gern:

»Onkel Charles erinnert mich an eine Schnecke.«

Und was hatte noch Paul erzählt, der sich soviel Gedanken über die Ursachen und das ganze Drum und Dran bei seinem Schwager gemacht hatte?

»Also gut!« brummte Henri. »Lassen wir es für heute sein!«

Er war wütend. Vor allem, weil er Angst hatte! Er konnte sich nicht entschließen, das Büro zu verlassen, und versuchte nach wie vor, unter dem grünen Augenschirm einen Blick seines Gegners aufzufangen.

»Ich dachte, die Sache sei klar ... Ich bin schließlich ein Geschäftsmann! ... Ich bin für Offenheit und für klare Verhältnisse ...«

»Ich habe den Valade-Vertrag wiedergefunden...«, unterbrach ihn Charles und nahm eine Akte aus einem Ordner. »Sie haben recht gehabt. Er ist nicht registriert worden, und es wäre besser, um im Falle einer Anfechtung einer Geldbuße zu entgehen...«

»Hören Sie mal, Charles...«

»Ich höre...«

»Lassen Sie jetzt diesen Papierkram... Sehen Sie mir in die Augen... Wieviel wollen Sie?«

»Wofür?«

»Gut, machen Sie ruhig so weiter, wenn Sie wollen... Ich jedenfalls meine... Ihre Verhältnisse sind nicht gerade glänzend... Ihre Töchter müssen arbeiten gehen...«

»Was sollten sie denn sonst tun?«

»Ich bin bereit, Ihnen zu helfen... Wenn wir zum Beispiel einmal annehmen, Sie machen irgendwo etwas Eigenes auf...«

»Ich danke Ihnen, Henri...«

»Danke ja?«

»Ich traue es mir nicht zu, einen Handel aufzumachen... Sie haben selber oft genug gesagt, daß es mir an Initiative fehlt...«

Zum erstenmal lächelte er, oder vielmehr, er zeigte seine kleinen, eng zusammenstehenden Zähne, die vorne ein wenig übereinander standen.

»Also was wollen Sie? Einen Betrag?«

»Wozu?«

Dionnets Atem wurde rauh, er ließ sogar seine Zigarre aus dem Mund fallen und zertrat sie wütend.

»Wie Sie wünschen...«

Er schritt zur Tür, blieb stehen, drehte sich um.

»Ist das Ihr letztes Wort?«

»Sind Sie verärgert?«

Die Tür schlug zu. Ohne durch das Geschäft und über den Hof zu gehen, wandte sich Henri mit schweren Schritten seiner Wohnung im ersten Stock zu. Auf dem Treppenabsatz begegnete er Élise, die fragte:

»Hast du ihn gesehen? Er ist zurückgekommen...«

Er ging vorüber, ohne zu antworten.

»Was hast du denn?«

»Nichts!«

Dann schloß er sich in seinem Zimmer ein, wo man ihn hin und herwandern hörte.

Punkt sechs Uhr nahm Charles seinen Augenschirm ab, klappte das Hauptbuch zu, verschloß die Aktenschränke und wandte sich, nachdem er seinen braunen Mantel angezogen und den beigen Hut aufgesetzt hatte, zur Straße.

Um halb sieben hatte Lulu, die wie jeden Tag ungeduldig auf den Ladenschluß wartete, den Eindruck, ihren Vater auf dem Gehsteig gesehen zu haben, aber sie war nicht sicher.

Nachdem ein paar Minuten später die Läden heruntergelassen waren, nahm sie entgegen ihrer Gewohnheit die Straßenbahn. Sie stürmte nach Hause. Mauricette war gerade heimgekommen und hatte noch nicht einmal den Hut abgesetzt.

»Wo ist Vater?«

»Er ist weg«, seufzte Camille, als wäre dies ein Unglück gewesen.

»Wann?«

»Das wissen wir nicht. Der Dachboden ist leer. Er hat alles wieder an seinen Platz gerückt...«

»Er kommt gleich zurück...«

»Woher weißt du das?«

»Eben so!«

»In dem Fall habe ich nicht genug Sülze«, sagte Laurence. »Camille, holst du nicht noch ein Viertel?«

Camille ging zu Josse. Sie legten noch ein Gedeck auf.

»Hast du ihn gesehen?« fragten sie Lulu.

Und als Camille zurückkam, war sie noch im Flur, als man einen Schlüssel im Schloß der Haustür hörte. Charles blieb vor der Garderobe stehen. Sein Gang war wie immer, leicht, wie gleitend, als hätte er stets ganz schmale Schuhe an.

Keiner rührte sich, als er den Knauf der Glastür aufdrehte. Lulu war gespannt, ob er noch immer seinen Bart trug, vom Geschäft aus hatte sie nur seine Gestalt erkennen können.

»Guten Abend«, sagte er.

Er blickte auf den gedeckten Tisch, den Ofen, seine Frau, die den Kopf abwandte.

Wie es die Kinder von klein auf gewohnt waren, sagte er, während er sich auf seinen Platz setzte:

»Essen wir?«

Camille blickte ihre Mutter streng an, um zu verhindern, daß diese zu weinen anfing, denn man sah Laurence genau an, daß sie drauf und dran war, gleich loszuweinen, einfach so. Lulu saß ihrem Vater gegenüber, der seinen gewohnten Platz eingenommen hatte, und spielte mit einem Stück Brot.

»War das nun nötig!« konnte sich Laurence nicht enthalten zu bemerken, während sie die Suppenschüssel auf den Tisch stellte.

»Was war nötig?« fragte er.

Wieder blickte Camille ihre Mutter fest an.

»Nichts... Was weiß ich?... Ich habe den ganzen Tag bei Julia verbracht... Der Arzt war da... Als ich ihn hinausbegleitet habe, hat er mir mitgeteilt, daß sie vielleicht noch einen Monat lebt...«

Nun durfte sie weinen, über Julia.

»Was wird ihr Mann nur machen...«

»Mama«, schimpfte Mauricette. »So iß doch...«

Keine wagte, sich dem Vater zuzuwenden, der langsam seine Suppe aß. Er war beim Essen immer der Letzte gewesen.

»Hast du heute Kurs?« fragte Lulu Camille.

»Ja, aber ich gehe nicht...«

»Warum denn nicht?« fragte Charles verwundert. »Wenn man einen Kurs angefangen hat, muß man auch hingehen...«

Er blickte auf die Sülze und fragte:

»Ist die von Josse?«

Sie sahen nicht, daß eine seiner Hände unter den Tisch glitt und sich schmerzhaft verkrampfte, so daß die Fingernägel sich in den Handteller eingruben.

Als wäre das noch nicht genug, hörte man nun auch noch ein Klappern am Briefkasten. Lulu lief hinaus, um aufzumachen.

Es war Paul, der auf dem Flur mit lauter Stimme fragte:

»Ist er immer noch da oben?«

Lulu konnte nicht mehr antworten. Onkel Paul war schon an der Küchentür und brummte:

»Aha!... Du bist hier...«

Fast wäre er wieder umgekehrt. Er schien schlechter Laune. Er wandte sich seiner Schwester zu.

»Ich kam gerade vorbei, und wollte hören...«

»Setz dich einen Augenblick«, mischte sich Charles mit vollem Mund ein. »Hast du schon gegessen. Einen Calvados?«

Also blieb Paul gar nichts anderes übrig, als sich zu setzen, auch wenn er nicht wußte, wohin er blicken sollte.

»Mit Julia geht es zu Ende...«, verkündete Laurence.

Wenigstens daran konnte man sich festhalten.

6

Erhoffte er sich wirklich etwas? Es war nicht so klar und größtenteils unbewußt. Was denn erhoffen? Im Haus war schon wieder alles, wie es immer gewesen war. Die Mädchen kamen eines nach dem andern ungekämmt und in schmuddeligen Morgenröcken die Treppe herunter, jeder aß für sich; oft setzte man sich nicht einmal hin, sondern holte sich den Milchkaffee oder den Kakao direkt vom Herd: man wärmte sich mit noch verschlafenen Augen und beobachtete den Regen, der so dicht auf die Scheiben prasselte, daß man sich in dieser Küche wie unter einem Fluß vorkommen konnte.

Camille hatte ihren Vater zwei- oder dreimal beobachtet. Sie hatte ihn betont freundlich gegrüßt, um ihm die Rückkehr auf seinen Posten zu erleichtern. Sie war ganz gewiß ein braves Mädchen. Andererseits liebte er gerade sie am wenigsten.

In einen schwarzen Ölmantel gehüllt und mit Gummistiefeln war sie als erste in die Sintflut hinaus, um rechtzeitig um acht Uhr ihre Arbeit bei der Korsettnäherin zu beginnen. Zu dem Zeitpunkt war Lulu noch beim Waschen. Mauricette, die gerade erst aufgewacht war, rief von der Treppe oben, daß man ihre Milch anbrennen ließ. Und Laurence wartete gelassen, bis dieses morgendliche Gewimmel vorbei war: nachher, wenn das Haus leer war, würde sie sich ganz allein hinsetzen, die Ellbogen auf den Tisch stützen, Butterbrot in ihren Milchkaffee tunken und beim Zeitungslesen ganz langsam essen.

Charles wartete wirklich geduldig bis zur letzten Minute. Er wußte, daß Lulu fertig war. Man konnte sogar fast den Eindruck gewinnen, daß es sie verwirrte, ihn immer noch da zu sehen. Also zog er seinen Mantel an, zog Gummigaloschen über die Schuhe und nahm seinen Schirm.

Der Regen fiel im Dämmerlicht so dicht, daß er mehr als zehn Zentimeter hoch vom Pflaster abprallte und daraus Gebilde entstanden und wieder zerplatzten, die wie Blüten aus Fadenglas aussahen. Der Bahnwärter trug einen Regenmantel mit Kapuze, der bis zum Boden herunterhing. Von der Plattform der Straßenbahn floß das Wasser in Rinnen ab.

Zwei- oder dreimal wandte Charles sich um. Aber nein! Die braune Tür seines Hauses blieb zu. Er ging den Gehsteig entlang. Und alle, die so wie er aus den Vororten zu ihrer Arbeit strebten und zuerst nur sehr vereinzelt auf den Straßen gingen, bildeten allmählich, je mehr sie sich der Brücke näherten, eine Art Prozession. Die Oberfläche der Seine war durch den Wasserschleier kaum zu sehen. Fahrräder fuhren vorüber, schwarze Rücken, verchromte Lenkstangen; die Fahrradfahrer ließen ihre schrillen Klingeln ertönen und fuhren ganz eng an Straßenbahnen und Fuhrwerken vorbei. Lulu ging mit anderen vorüber, ohne ihren Vater zu sehen.

An solchen Vormittagen glich das große Gebäude

der Firma Dionnet in der Nässe, die an die offene See erinnerte, mehr noch als sonst einem Frachtschiff. Um halb acht hatte der alte Poupin, der gleichzeitig als Portier und als Nachtwächter diente und dazu die Pferde versorgte, das große Tor geöffnet, und die Rollkutscher waren hereingekommen, hatten angespannt, die Lageristen hatten angefangen, die Fässer und Tonnen auf die zementierten Rampen zu rollen.

Die Lagerhallen waren riesig wie der Laderaum von Schiffen, bis zur Decke voll und mit Schildern versehen, auf denen stand: »Rauchen verboten« und »Seid gut zu den Tieren«. Ein langgestreckter überwölbter Raum enthielt nur Heringsfässer. In einem anderen, an dessen Fußboden sich Falltüren befanden, gab es nur Kaffee. Und überall Rollen, Ketten, hellblau gekleidete Männer mit einem Sack als Schürze, einem Bleistift hinter dem Ohr und einem mit Kohlepapier gespickten Bestellbuch in der Hand.

Um acht Uhr kam dann die kleine Mademoiselle Thérèse, die ein volles Gesicht und dichtes Haar hatte. Sie schloß die Tür des Einzelhandelsladens auf, wo man noch Licht anmachen mußte, und ließ die Verkäufer herein.

Um halb neun Uhr schließlich traf Charles ein und betrat seinen Glaskäfig wie eine Kommandostelle. Stets empfing ihn feuchte Kälte. Noch bevor er seinen Mantel ablegte, mußte er sich über den Gasofen beugen, der jedesmal mit einem kleinen Knall anging. Man hatte hier einen Gasofen aufgestellt, weil dieses Büro zu klein und zu schnell überheizt war. Man machte den Ofen eine halbe Stunde aus und machte ihn dann wieder für zehn Minuten an. Auf dem Geldschrank lag ein feuchter Beschlag. Charles legte seinen Rock ab, zog einen alten mit abgetrennten Ärmeln an und setzte einen grünen Augenschirm auf die Stirn.

So also hätte alles verlaufen sollen. Und dann wären noch die beiden Schreibkräfte gekommen, die in einem anliegenden Büro arbeiteten. Schließlich noch die kleinwüchsige Gestalt Henris mit der nach hinten geschobenen Melone, der erloschenen Zigarre zwischen den Zähnen, wortlos von einem Fuhrwerk zum andern gehend und alles mit seinem harten Blick begutachtend. Die Planen, auf denen stand: »Henri Dionnet – Kolonialwaren«, waren vom Regen geschwärzt...

An jenem Morgen aber verliefen die Dinge nicht so. Charles machte seinen Schirm vor der Tür zu und betrat den Laden. Die kleine Mademoiselle Thérèse kam gleich mit weit aufgerissenen Augen in ihrem großen Kopf auf ihn zu.

»Man hat oben nach Ihnen gefragt, Monsieur Charles...«

Warum hörte sich das nach Katastrophe an? Auch den Verkäufern mit ihren unruhigen Augen und dem an diesem Morgen noch ausgeprägteren Pappmachéteint war etwas anzumerken, als fühlten sie wie alle arbeitenden Leute die Bedrohung, plötzlich auf der Straße zu stehen.

»Was ist denn passiert?«

Während sie das Geschäft mit den langen Ladentischen und Messingwaagen durchschritten, blieb ihr nur Zeit, ihm zuzuraunen:

»Monsieur Henri...«

So daß er dachte, sein Schwager sei gestorben. Es herrschte eine ziemlich traurige Atmosphäre im Haus, die durch den Regen und das um diese Uhrzeit immer noch trübe Tageslicht noch verstärkt wurde.

Er konnte sich später nicht mehr erinnern, wo er seinen Schirm abgestellt hatte. Hingegen erinnerte er sich jetzt, da er die Treppe hinaufstieg, daß er vor der Tür ein Auto gesehen hatte, und begriff dann, daß es das Auto Dr. Duprats gewesen war.

Der Haushalt war nicht gemacht. Die Küchentür stand offen. Es roch nach Arznei.

Martine, Dionnets Tochter, hörte ihn dann kommen, zeigte sich in einem Türspalt und sagte müde:

»Hier herein, Onkel Charles ...«

Sie war genauso klein wie ihr Vater und eine ziemlich gewöhnliche Person. Sie war weder gewaschen noch gekämmt. Er betrat das Wohnzimmer, wo alle Möbel in einer Ecke aufgetürmt und die Vorhänge abgenommen worden waren.

»Gerade jetzt, wo ich mit dem Großputz anfangen wollte«, seufzte Élise.

Durch die weit offenstehende Glastür, die auf einen gemauerten Balkon hinausführte, kam kalter Wind herein. Warum hatte man sie aufgemacht? Vielleicht, weil hier Kranke waren, die frische Luft brauchten?

»Komm herein, Charles ... der Arzt ist da ... Er war auch schon heute nacht hier ...«

Sie wies auf eine geschlossene Tür, hinter der sich Dr. Duprat bei dem Kranken aufhielt. Bemerkenswert war, daß hier noch viel größere Unordnung herrschte als bei den Dupeux. Irgendwie hatte man den Eindruck, daß keiner an seinem Platz war und keiner seine Rolle kannte. Die Köchin kam mit einer Schale Kaffee herein, die sie Martine entgegenstreckte, diese beschwerte sich, nachdem sie ihn gekostet hatte:

»Da ist kein Zucker drin! ...«

Das Dienstmädchen kam aus dem Schlafzimmer. Élise fragte wie geistesabwesend:

»Was sagt er?«

»Er braucht abgekochtes Wasser ...«

Auf einem Tischchen stand bereits ein Kochtopf mit einer Spritze und den Überresten einer Ampulle.

»Na und? Gibt es kein abgekochtes Wasser in der Küche? ... Wenn du wüßtest, mein armer Charles, was für eine Nacht wir hinter uns haben! ... Es ist alles so plötzlich gekommen ...«

Sie befand sich nicht mitten in einer Novene. Ein Beweis dafür war, daß sie sich ans Großreinemachen gewagt hatte, ein gutes Zeichen. Doch fühlte sie sich wie ausgehöhlt. Man spürte ihr an, daß ihr etwas fehlte, um ausgeglichen zu sein, und daß sie sicher bald heimlich trinken würde, um ihre Stimmung zu heben.

Auch Albert war da, was selten vorkam. Er war als einziger schon angekleidet, grauer Anzug, hellblaue Krawatte. Normalerweise sah man ihn hier fast nie. Er war groß, mindestens einen Kopf größer als sein Vater, mit dem er nicht die geringste Ähnlichkeit hatte. Er war schlank, mit sanften Augen und hatte gemessene Bewegungen, die denkbar wenig an Dionnet erinnerten. Er studierte Jura, weil Henri aus ihm einen Rechtsanwalt oder Richter, lieber aber einen Richter machen wollte, gehörte jedoch außerdem einer Gruppe junger Poeten an und schämte sich des Reichtums seiner Familie.

»Ich werde Onkel Charles alles erzählen ...«, sagte er. »Vielleicht kann er uns etwas sagen? ... Leg deinen Mantel ab, Onkel Charles ...«

Albert war der einzige im Hause, der manchmal auch Laurence oder Céline besuchte. Er machte es, wie um Abbitte für die Härte seines Vaters zu leisten.

»Wie geht es deiner Mutter?« fragte Laurence ihn dann, während er ebenso ungezwungen am Ofen saß wie Paul und um Erlaubnis bat, eine Zigarette rauchen zu dürfen.

»Du weißt ja, wie sie ist ...«, antwortete er, ohne zu erröten. »Sie hat kein lustiges Leben ... was soll's ...«

Die Familie war ihm dankbar, daß er immer ein entschuldigendes Wort für Élise fand.

Anders als Martine, die sich nie sehen ließ, bei keiner ihrer Tanten, und auf der Straße nicht einmal richtig grüßte. Allerdings verkehrte sie stets mit jungen Damen aus der feinen Gesellschaft oder mit Engländerinnen, die einen Monat bei ihr verbrachten, wonach sie dann einen Monat zu ihnen ging.

»Ich hatte Mama gerade ins Theater begleitet ...«, murmelte Albert, der eher besorgt als wirklich traurig wirkte.

Das war auch so eine Sache, über die man in der Familie immer wieder redete. Martine hätte ihre Mutter um nichts in der Welt ins Theater oder sonstwohin begleitet. Schlimmer noch: wenn ihre Freundinnen zu

Besuch kamen, schloß sie Élise ein, so sehr fürchtete sie jedesmal einen Skandal! Es wurde sogar behauptet, daß sie sie einmal geschlagen habe, weil sie in ihrem Zimmer stöhnte und man es vom Salon aus hörte.

»Was ist denn das?« soll eine der Geladenen gefragt haben.

»Ach nichts... Ein Dienstmädchen, das krank ist...«

Albert und seine Mutter waren also im Theater. Martine war ebenfalls weg, weiß der Himmel mit wem, ganz sicher jedoch mit reichen Leuten!

»Als wir weg sind«, fuhr Albert fort, »ist Vater auch mit heruntergekommen und hat sein Büro betreten.«

Das heißt, den Glaskäfig, denn Henri, der sich fast nie setzte, hatte seinen Schreibtisch, der mit grünem Moleskin bezogen war, genau gegenüber von Charles' Schreibtisch.

»›Gehst du noch arbeiten?‹ hat Mama ihn gefragt.«

Und Élise unterbrach ihn:

»Er hat nicht geantwortet. Ich habe noch zu Albert gesagt, daß er ein komisches Gesicht macht... Das ist mir schon seit ein paar Tagen aufgefallen, seit damals, als er das erste Mal bei dir war...«

Sie schwiegen. Sie spitzten die Ohren, weil nebenan gesprochen wurde, aber man konnte nichts verstehen.

»Man könnte ja die Balkontür zumachen!« sagte Martine, ohne sich zu rühren.

Ihr Bruder schloß sie.

»Wir sind kurz vor Mitternacht zurückgekommen. Er war immer noch unten. Er hatte sehr viel geraucht, denn das Büro war ganz blau vom Dunst. Mama hat ihn gefragt, ob er nicht schlafen wolle, und er hat gesagt, daß er gleich heraufkäme. Martine ist etwas später gekommen, da war er immer noch unten ...«

Martine warf ihrem Onkel Charles einen harten Blick zu und trank ihren Rest Kaffee aus.

»Onkel Charles weiß vielleicht, was ihn so quält ...«, äußerte sie mit dem gleichen Stirnrunzeln wie ihr Vater.

»Laß den Onkel in Frieden ... Ich schlief schon, als ich dann undeutlich hörte, wie er sich auszog, dann hat er sich hingelegt ... Er hat mich beiseitegeschoben wie gewöhnlich ... Dabei habe ich bemerkt, daß er kalt war ... Dann habe ich ihn seufzen hören ... Ich habe ihn sogar gefragt, ob ihm vielleicht der Kalbskopf nicht bekommen sei, denn er hat sich ewig hin- und hergewälzt, so daß ich nicht wieder einschlafen konnte ... Schließlich habe ich ihn dann im Dunkeln im Nachthemd dastehen sehen ... Er hat sich nicht gerührt ... Ich habe Licht angemacht ...

›Mach aus!‹ befahl er.

Ich habe ausgemacht ... Ich bekam langsam Angst ... Ich hatte gesehen, daß er eine Hand krampfhaft auf die Brust preßte und ein bleigraues Gesicht hatte ...

›Henri, bist du krank? ... Soll ich nicht den Arzt rufen? ... Soll ich dir einen Tee aufgießen?‹

›Sei still!‹ sagte er.

Und seufzte immer weiter ... Ich hatte mich langsam an die Dunkelheit gewöhnt und konnte seine Augen erkennen ...«

»Genug, Mama! Mach's kurz, wir haben verstanden ...«, fiel ihr Martine ins Wort. »Er hat dich gebeten, mich zu wecken, nicht?... Dann hat er von mir verlangt, daß ich Duprat anrufe...«

»Das ist der Herzspezialist«, bemerkte Onkel Charles.

»Er hat ihn letztes Jahr, als wir am Meer waren, schon einmal aufgesucht, ohne uns etwas davon zu sagen... Das hat mir Duprat heute nacht gestanden... Man mußte ihn zwingen, sich wieder ins Bett zu legen... Der Arzt hat ihm eine Spritze gegeben und ist heute früh wiedergekommen...«

Sie sahen mechanisch zur Tür.

»Martine behauptet, daß ihr Vater von etwas gequält wird, und daß du bestimmt weißt, wovon...«

»Das ist nicht nur meine Meinung, auch der Arzt meint, daß Papa einen Schock erlitten hat...«

»Das kann ja nur etwas Geschäftliches sein...«, sagte Élise mit einer gewissen Gleichgültigkeit.

»Weißt du nicht etwas, Onkel Charles?« fragte Albert sanft.

Charles errötete. Eine gewisse Panik ergriff ihn. Nirgends hatte er sich je so fremd gefühlt wie in diesem Haus, aus dem die glitschige Kälte, die durch die offene Balkontür eingedrungen war, jede Behaglichkeit vertrieben hatte. Am liebsten hätte er sich nach unten in seinen Glaskäfig geflüchtet und auf das Rollen der Fässer und das Stampfen der Pferde im Hof gehört.

Da ging die Tür auf. Dr. Duprat, der lang und dünn war wie Albert, erschien mit seiner Tasche in der Hand und sah sich um, als überlegte er, an welche der anwesenden Personen er sich wenden sollte.

Wer von ihnen machte sich die größten Sorgen um

Henri Dionnet? Charles hätte ohne weiteres antworten können: »Keiner!« Nicht einmal Martine, für die er nichts anderes war als das Familienoberhaupt, und sie fand ihn ein wenig ungeschliffen.

»Der schlimmste Anfall ist vorüber«, murmelte der Arzt, während er seinen Mantel von einem Stuhl nahm. »Es ist nicht gesagt, daß er so schnell wieder einen bekommt. Fürs erste braucht er Ruhe, Bewegungslosigkeit, auf keinen Fall Aufregung... Ich habe ein Rezept geschrieben... Geben Sie ihm jede Stunde zehn Tropfen in ein bißchen Zuckerwasser... Zu Mittag ein bißchen Gemüsebrühe, aber leicht... Gegen Abend komme ich wieder vorbei...«

»Ich glaube, er hat gerufen!« bemerkte Albert.

Wer sollte hineingehen? Sie sahen einander an. Élise raffte sich dann auf. Sie machte die Tür nur halb hinter sich zu, und man hörte deutlich seine Stimme, die fragte:

»Ist Charles da?«

»Charles!« rief sie.

Er fühlte seine Knie weich werden. Er zögerte mit trockener Kehle und ängstlichem Blick. Er ging zur Tür. Er hörte Henri zu seiner Frau sagen:

»Laßt uns allein...«

Auf diese Weise befand er sich plötzlich allein mit seinem Schwager in dem Schlafzimmer und hörte den Befehl:

»Mach die Tür zu...«

Henris Stimme war kaum wiederzuerkennen. Er sprach mühsam. Am meisten verwunderten zwei dicke dunkle Streifen unter seinen Augen. Durch sie entstand der Eindruck, daß Henri in einer einzigen Nacht erheblich abgemagert war. Er stieß die Decke von seiner Brust. Sein Kinnbart ragte empor.

Charles hatte sich seinen Schwager noch nie in einem Bett vorgestellt. Diesen Mann konnte man sich nur angekleidet denken, mit seiner Melone, seiner Zigarre, dem ganzen Gewicht seines massigen Körpers, dem ganzen Gewicht auch des Blicks aus seinen hellen Augen.

»Komm ...«

Um weniger sprechen zu müssen, winkte er mit der Hand, diese Hand war mit braunen Härchen bedeckt und schien Charles zu sich heranziehen zu wollen.

»Sind sie alle nebenan? ...«

Verriet er damit nicht eine geheime Angst? Hatte er nicht befürchtet, einfach im Stich gelassen zu werden, nachdem er nun im Bett lag? War es nicht genau das, was Charles gleich gespürt hatte, als er das Haus betrat?

Sie waren nebenan, gewiß! Doch Henri war deshalb trotzdem allein. Albert würde zu seiner juristischen Vorlesung gehen, so wie Camille an dem berühmten Abend zu ihrem Stenokurs gegangen war. Und Élise würde sich ja wohl kaum davon abhalten lassen, ihren Großputz zu beenden. Nachdem sie doch einmal damit angefangen hatte! ... Martine hingegen, wenn sie nur eine Verabredung mit einer Freundin hatte ...

Es wirkte fast so, als nähme Henri jetzt alle seine Kräfte zusammen, um ein ernstes Thema zu besprechen. Er sah Charles an, als überlegte er, was man aus einem solchen Mann herausholen konnte, und vielleicht war er sich irgendwie bewußt, daß er Mitleid erregte.

Was tuschelten die Leute unten, die für ihren Arbeitsplatz fürchteten und sich fragten, was aus der Firma würde, wenn der Chef ausfiel? Sie stellten sich schon vor, wie die Läden heruntergelassen würden und eine schwarzumrandete Bekanntmachung verlautete: »Wegen Todesfall geschlossen« ...

Alleingelassen in seinem Bett, versuchte Dionnet tief durchzuatmen, er bewegte sich in der Hoffnung, den Kopf vom Kissen heben zu können.

»Komm näher ... In zwei Tagen ist alles vorbei ... Das hat Duprat gesagt ... Man muß ...«

Er verzog das Gesicht. Bei der geringsten Anstrengung fühlte er ein Ziehen in der Brust und verharrte still, um auf seine eigenen Lebenszeichen zu hören.

»Weißt du, wo sie ist?«

Der Augenblick war gekommen. Würde sich Charles weiterhin entziehen und so tun, als würde er nicht verstehen? Würde er den Mut aufbringen, angesichts eines geschlagenen Mannes auf seiner Haltung zu beharren?

»Hör zu ... Du kannst nehmen, soviel du willst ... Der Schlüssel zum Panzerschrank ist in meiner Weste ...«

Er deutete mit schlaffer Hand auf einen Stuhl, wo seine Kleider vom Vortag übereinanderlagen.

»Nimm ihn ...«

Da Charles sich nicht rührte, wiederholte er zornig und fast mit tränenerstickter Stimme:

»Nimm ihn!«

Da fühlte sich Charles, der am Vorabend in seinem Büro und an all den andern Tagen hinter seiner Dachbodentür so gut Widerstand geleistet hatte, schwach werden. Er ergriff den Schlüssel, mit dem er nichts anfangen konnte. War er selber nicht reicher, als sein Schwager? Er besaß fünfhunderttausend Francs! Keiner wußte etwas davon, aber er besaß sie! Dionnets Vermögen war natürlich viel beträchtlicher, aber Henri war mit seinen Millionen nicht so reich wie Charles mit seinen fünfhunderttausend Francs.

Wie hätte ein Dionnet auch mit Millionen sein Leben noch verändern können? Nur unwesentlich. Während Charles... Er konnte ein Haus auf dem Land kaufen und sich zurückziehen... Er konnte ein Geschäft aufmachen... Er konnte seine Töchter noch besser kleiden als Martine und sie der Reihe nach nach England schicken, statt sie in einer schwarzen Kittelschürze Schuhe verkaufen oder Korsetts nähen zu lassen...

»Die Kombination für den Panzerschrank heißt ›Marie‹...«

Er schloß die Augen, und sein Spitzbart ragte einen Augenblick zur Zimmerdecke, denn er hatte den Kopf nach hinten geworfen. Die Tür ging lautlos auf. Es war Martine, die murmelte:

»Kann ich...«

»Raus!« schrie er mit plötzlicher Energie. »Ihr sollt uns allein lassen...«

Und an seinen Schwager gewandt:

»Schließ die Tür ab... Geh nicht weg...«

Er bemühte sich, seine Kraftreserven nicht zu vergeuden. Von nun an ließ er sich Zeit, sprach langsam, mit dumpfer Stimme, so wie man Befehle erteilt:

»Du nimmst für dich, soviel du willst...«

»Ich brauche nichts«, protestierte Charles und erschrak über seine eigene Stimme.

»Du nimmst... Egal, wieviel. Wichtig ist, daß man ihr das Geld bringen muß. Verstehst du? Was hast du mit den Briefen gemacht?

Was sagt sie?«

Darauf Charles unwillkürlich:

»Sie ist in Paris...«

»Wie oft hat sie geschrieben? Wieviel will sie?«

Seine Gesichtszüge verzerrten sich. Er litt Schmerzen, aber vielleicht mehr noch in seinem Geist, als körperlich.

»Sie wollte es für ihre Tochter«, fügte Charles hinzu, der den kleinen Schlüssel vom Panzerschrank in der Hand hielt und nicht wußte, was er damit anfangen sollte.

»Nimm alles, was sie verlangt hat. Bring es ihr. Sag ihr, daß ich krank bin... daß ich fast gestorben wäre... Sie soll warten, bis es mir wieder besser geht!«

Er war noch nicht besiegt, nein! Man spürte ihm an, daß er bis zum Schluß kämpfen würde, mit aller Kraft. Charles fühlte aber vor allem, daß sein Schwager allein kämpfen mußte, daß er sich dessen auch bewußt war und unter der Leere litt, die ihn in seinem großen Haus umgab.

»Gehst du hin? Hör zu, nimm das Auto... Ich habe so große Angst, daß sie hierher kommt! Sag Oskar, daß er dich hinfahren soll... Sobald du zurück bist, komm rauf. Wieviel Uhr ist es?«

»Halb zehn.«

»Wie geht es?« fragte Élise hinter der Tür.

Und Henri brauste ungeduldig auf. Hatten sie vor, sich auf diese Weise um ihn zu kümmern? Sie waren beunruhigt und verwirrt, aber nicht seinetwegen, sondern ihretwegen. Etwas Besseres fiel ihnen nicht ein, als hier an die Tür zu klopfen. In einem anderen Zimmer hörte man Martine, die das Warten schon leid war, ein Bad nehmen.

»Geh!«

Erst jetzt wurde sich Charles bewußt, daß sein Schwager ihn an diesem Tag die ganze Zeit immer nur geduzt hatte, als hätte er ihn nun plötzlich in die Familie aufgenommen!

»Kommst du dann gleich? Sag ihr genau...«

Er war erschöpft. Er sagte noch einmal:

»Vor allem sollen mich die andern in Frieden lassen.«

»Du mußt Tropfen nehmen«, entgegnete Charles.

Darauf Henri verächtlich lachend:

»Tropfen!...«

»Was hat er gesagt?«

»Nichts, es ging um Geschäftliches...«

»Immer diese Geschäfte!« seufzte Élise, die sich ein Kopftuch umgebunden hatte, um dem Großreinemachen vorzustehen, wobei sie die Dienstmädchen streng anfaßte.

Als Charles den Treppenabsatz überquerte, ging die Badezimmertür halb auf. Er sah nur Martines Gesicht, eine Schulter, einen Brustansatz.

»Was hat er gesagt?«

Er wiederholte:

»Nichts... Es ging um Geschäftliches...«

Unten dann Mademoiselle Thérèse:
»Kommt er davon?«
Sogar die Kutscher und Lageristen warfen ihm aus der Ferne fragende Blicke zu, um zu erfahren, ob Dionnet noch immer ihr Chef war.
Hatte Charles nun richtig gehandelt? Hatte er falsch gehandelt? In jedem Fall hätte er gar nicht anders handeln können. Es geschah nicht aus Mitleid. Er hatte seinen geschwächten Schwager mit kaltem Blick betrachtet. Es hatte ihn wohl etwas verwirrt, als ihm plötzlich klar wurde, daß Henri allein war, doch hatte dieser Gedanke keinen Einfluß auf seine Gefühle.
Er hatte es einfach zur Kenntnis genommen. Nicht mehr. Er hatte dieses große Gebäude gesehen, für das man einst drei eng aneinandergebaute Häuser einreißen mußte, Fuhrwerke, Angestellte, Bedienstete, die Ehefrau, einen Sohn, eine Tochter, Warenlager, Hallen voller Säcke, Tonnen und Fässer und inmitten all dessen den schweratmenden Henri, der immer nur ihn ansah, ihn allein und voll brennender Sorge fragte:
»Gehst du hin?«
Nicht einmal diesen stets mit Geld gefüllten Panzerschrank zu öffnen machte ihm Spaß. Er hatte selbst so viel, daß er nicht wußte, was er damit anfangen sollte. Was sollte er nur mit seinen fünfhunderttausend Francs machen? Tag und Nacht hatte er darüber in seiner Dachkammer nachgedacht.
Am Ende hatte er dann gar nichts gemacht, sondern weitergelebt, wie vorher. Lulu bückte sich bestimmt jetzt gerade vor irgendeiner Bäuerin, der sie Schuhe anprobierte.

Camille träumte, während sie in dem fahlen Raum nähte, von ihrem Stenografielehrer und dachte entsetzt an das gewagte Spiel ihrer jüngeren Schwester. Und Mauricette, die mit ihrem Grafen in eleganten Restaurants speiste...

Charles wußte es. Er wußte alles. Er wußte sogar, daß in ihrem Büro ein Pelzmantel hing, den ihr Chef ihr fürs gemeinsame Ausgehen geschenkt hatte und den sie sich nicht traute, zu Hause zu zeigen!

Und Laurence, die nachher bei Céline oder bei Paul hereinsehen würde, oder... Nein! Heute war der Tag ihrer Mutter! Da waren wohl auch sie dabei, eine Art Großputz zu machen!

»Oscar, sind Sie da?... Der Chef hat gesagt, Sie möchten mich mit dem Auto nach Paris fahren...«

»Gut, Monsieur Charles...? Ich muß mich nur schnell umziehen...«

Seine Lageristenkleidung gegen die graue Chauffeursuniform tauschen. Charles brauchte keine andere Kleidung anzulegen. Wieviel hatte Sylvie in ihrem vorletzten Brief verlangt? Fünfzigtausend! Sie hatte die gleiche Handschrift wie die braven jungen Mädchen, die die guten Schulen besuchten, eine Handschrift, die weiß Gott warum, nach links gerichtet war.

...man weiß nie, wie lange man lebt, und der Gedanke, daß meine Tochter einmal mittellos dastehen könnte... Ich habe überlegt, daß ich eine Lebensversicherung abschließen sollte, dann hätte sie für alle Fälle die Möglichkeit...

Er entnahm fünfzigtausend Francs, mehr nicht. Sein eigenes Geld war, was Laurence sehr erstaunt hätte, in lauter Tausendfrancsscheinen und mit Gummibändern gebündelt in seiner Dachkammer oben auf dem Büffet versteckt.

Laurence schlief genau unter einem solchen Vermögen! Auch seine Töchter! Und Lulu mußte sich von irgendeinem Georges ins Kino einladen lassen und ihren Schwestern hinterherlaufen, damit sie ihr das Geld für die Straßenbahn liehen!

Es war leicht zu verstehen, warum Charles Laurence geheiratet hatte. Er besaß keine Angehörigen. Er war von Wohltätern erzogen worden und immer allein gewesen. Und Laurence hatte schon mit zwanzig etwas Mütterliches gehabt. Wenn er sentimental wurde, brach sie in Gelächter aus.

»Du bist komisch, Charles! Wenn du wüßtest, wie komisch du aussiehst, wenn du diese Augen machst.«

Aber Henri? Er wußte bereits, als er nach Rouen kam und in einem möblierten Zimmer lebte, wo es weder Elektrizität noch Gas gab, daß er *etwas machen* würde. Nun konnte es ihm aber doch nicht entgangen sein, wie man sich in der Familie Babin dahinschleppte. Paul war damals schon genauso wie jetzt. Céline war mit sechzehn so leichtsinnig wie jetzt Lulu, nur ging sie nicht ins Kino, sondern tanzen in ein Bumslokal und stieg notfalls mit den Schuhen in der Hand aus dem Fenster, wenn ihre Mutter sie nicht gehen ließ. Heute hatte sie fünf Kinder.

Élise war eine Schönheit, das ließ sich nicht bestreiten. Sie war die Schönste unter den Babin-Mädchen ...

Damals trank sie noch nicht. In der Familie wurde behauptet, daß sie mit dem Trinken erst angefangen habe, als man ihr nach ihrer ersten Niederkunft zur Stärkung Stout-Bier verschrieb!

Und seit jener Zeit arbeitete Henri besessen daran, sein Haus zu bauen!

»Der Wagen ist bereit, Monsieur Charles ... Ich muß nur unterwegs noch tanken und Öl nachfüllen ... Wenn es so weiter regnet, können wir nicht schnell fahren ...«

Er überlegte einen Augenblick, ob er sich neben Oscar setzen sollte. Aber dieser hatte ihm schon den Schlag zum Fond geöffnet. Charles hatte seinen Schirm vergessen. Nicht so wichtig.

»Fahren wir bei Ihnen daheim vorbei, um eine Nachricht zu hinterlassen?«

Man behandelte ihn sehr differenziert. Er war zwar der Schwager des Chefs, zugleich aber auch ein Angestellter, der in einem kleinen Vorstadthaus wohnte.

»Das ist nicht nötig ...«

Das Gefühl der Leere, das ihn in dem Haus an der Place du Vieux-Marché beschlichen hatte, verfolgte ihn auch hier noch auf den Straßen und später auf der Landstraße. Das kam vom Wetter! Ein Gefühl, als wären diese Stunden nicht wert, gelebt zu werden, man ließ sie verstreichen in der Hoffnung auf Besseres, so wie man die Stunden in einem Wartesaal des Bahnhofs verbringt und mit trübem Blick auf die Züge sieht, während das Wasser von den Schirmen tropft.

Besonders trostlos wirkte ein Backsteinhaus mit Giebeldach am Rande der Landstraße, das eine riesige farbige Reklame trug und dunkle Wasserstreifen hatte; hinter einem Zaun pickten ein paar Hühner in schwarzer Erde oder aufgeweichtem Mist und saßen resignierte Kaninchen in einem Stall.

Autos im Gegenverkehr, Leute hinter Scheibenwischern, Wasserfontänen von den Reifen, dann ein Schleppzug, ein Schlepper, der die weite graue Oberfläche der Seine aufwühlte, eine eiserne Brücke und ein Mann, der in einem mitten in der Strömung festgemachten Fährkahn angelte.

Oscar öffnete die Trennscheibe und drehte sich halb um. »Wohin wollen Sie in Paris?... Damit ich die richtige Ausfallstraße nehme und nicht ins Gewühl komme...«

»In die Rue Notre-Dame-de-Lorette«, sagte er.

Ein Zug pfiff. Auf einem etwa hundert Meter breiten Gelände erstreckten sich Eisenbahnschienen mit Waggons, die herrenlos wirkten. Am Straßenrand ging ein alter Mann tief gebeugt mit einem Sack auf dem Rükken.

Schwer vorstellbar, daß Sylvie in der Rue Notre-Dame-de-Lorette im ersten oder zweiten Stock eines Hauses, einer Wohnung ihren Kunden die Tür aufmachte, sie anlächelte, sie mein Schnuckelchen oder mein Wüstling nannte und sie in ihrem Salon empfing, wo eine Katze auf dem Diwan schnurrte, dann in die Hände klatschte und rief:

»Auf, auf, meine Damen...«

Während hier die Busse mit trüben Fensterscheiben die abschüssige Straße hinabbrausten und Taxis auf Kundensuche langsam herumfuhren.

7

An der Toreinfahrt zog es heftig. Hinten im Hof gab es einen Frisör und einen Stuhlflechter. Und an den braunen Wänden befanden sich Emailschilder, auf denen der Beruf der Mieter stand, schwarze Hände oder Pfeile wiesen den Weg zur Treppe A oder zur Treppe B.

Madame Sylvie, Massagen, das war im zweiten Stock links, und als Charles seinen Fuß auf den Abtreter setzte, hörte man es in der Wohnung klingeln, bevor er selber noch den Knopf gedrückt hatte. Gelächter erschallte.

»Ruhe, meine Damen!«

Die Tür ging einen Spalt auf, zuerst nur ganz wenig. Der Besucher wurde gemustert, dann ging die Tür ganz auf, ein rosiges, rundes Gesicht setzte ein strahlendes Lächeln auf.

»Kommen Sie herein ... Hier bitte ...«

Man sah ihr an, wie sie, ohne ihr Lächeln erlöschen zu lassen, ihr Gedächtnis anstrengte; doch dann blieb ihr doch nichts anderes übrig, als zu fragen:

»Waren Sie schon einmal hier?«

»Ich möchte mit Madame Sylvie sprechen ...«

»Das bin ich ...«

Sie hatte die Stirn gerunzelt und einen Blick zur Tür geworfen.

»Henri Dionnet schickt mich …«

»Ach!«

Jetzt wurde sie tatsächlich mißtrauisch, was eher komisch wirkte, denn ihr altes Puppengesicht – faltenlos, mit stumpfem Haar und glasiertem Teint – war für einen ernsten Ausdruck nicht geeignet.

»Ist ihm etwas passiert?« fragte sie.

Dann überlegte sie es sich anders und stand auf.

»Entschuldigen Sie mich einen Augenblick?«

Das Zimmer, das sie jetzt betrat, war von einem stillen, verhaltenen Leben erfüllt. Wahrscheinlich warteten die Mädchen immer dort. Und wahrscheinlich sagte Madame Sylvie ihnen jetzt, daß da kein Kunde gekommen sei. Aber ein Klingeln rief sie nach anderswo, in ein Zimmer. Dann begleitete sie einen Mann mit ihrem wiedergefundenen Lächeln bis vor die Tür, und als sie schließlich die Tür zum Salon aufmachte, sah Charles im dunklen Korridor eine nackte Frau vorübergehen, die eine Hand auf dem Bauch hielt.

Er hatte bewegungslos auf dem vergoldeten Stuhl neben dem Ofen gewartet, durch dessen Fenster man die Flammen sah. In einem kleinen verchromten Bekken befand sich heißes Wasser, auf dem Rosenblätter schwammen, und die cremefarbenen, sorgfältig drapierten Satinvorhänge erlaubten keinen Blick nach draußen. Es war sehr warm, eine eigenartige, wie abgeschirmte Wärme. Der Diwan war mit sieben oder acht Kissen überladen, galante Stiche schmückten die Wände, und die behagliche Beleuchtung kam von der Krinoline einer Puppe.

»Entschuldigen Sie bitte …«

Ohne Zweifel hatte Sylvie in Rouen eine weniger schöne Wohnung gehabt. Aber ob bei ihr auch damals schon diese flauschige Atmosphäre geherrscht hatte, dieses Getuschel und unsichtbare Knistern hinter den Türen und Wänden? Dann konnte man sich den so massigen und harten Dionnet in seinen wie aus einer festen Materie geschnittenen Kleidern, mit seinem Spitzbart, seiner Melone doch hier auf dem Fußabtreter, der die Klingel in Bewegung setzte, dann in dem dunklen Korridor und schließlich auf einem dieser Stühle mit den zierlichen Sprossen kaum vorstellen.

Sylvie stellte keine Fragen. Sie wartete vorsichtig ab und musterte ihren Gast mit kurzen Seitenblicken von oben bis unten. Aber nachdem Charles immer nur die Beine bald links, bald rechts übereinanderschlug und nichts sagte, fühlte sie sich schließlich gezwungen, das Schweigen zu brechen und zu murmeln:

»Geht es ihm gut?«

»Er ist sehr krank ...«

»Hat er mir deshalb nicht geantwortet?«

»Ich bin sein Schwager«, erklärte er, als hätte dies irgendeinen Sinn.

»Ach!«

Darauf war sie offenbar nicht gefaßt gewesen. Sie blickte auf seine Hände. Sie sah, wie er die Brieftasche herauszog.

»Ich habe Ihnen das Geld gebracht ...«

Nach der nackten Straße, dem Regen, dem kalten Luftzug, nach dem Gewühl auf den Straßen fühlte er sich nun plötzlich ganz durchströmt von Wärme und Frieden. Sylvie hatte sich ihm wieder gegenübergesetzt und ihre rundlichen Hände im Schoß gefaltet, und er bemerkte, daß sie feine Schuhe mit hohen Absätzen trug und sehr kleine, sehr gewölbte Füße hatte.

»Fünfzigtausend, nicht wahr?« murmelte er, während er ihr fünf Bündel Geldscheine entgegenstreckte.

Sie ergriff sie rasch, blickte sich um, entschied dann wohl, daß auch später noch Zeit war, sie an einen sicheren Ort zu bringen, und steckte sie nur in die Schublade eines Frisiertisches.

»Ich darf Ihnen doch etwas anbieten?«

Lieber Gott, ja. Er hatte nicht die geringste Lust zu gehen. Er fühlte sich wohl wie nach einem langen Lauf.

»Champagner? ... Doch, doch ... Vor allem, da Sie doch extra von Rouen gekommen sind ...«

Wieder öffnete sie die Tür einen Spalt und wieder streifte Charles ein Hauch der menschlichen Wärme aus dem Nebenraum.

»Bringen Sie uns eine Flasche Champagner ...«

Sie kehrte zurück. Sie war zufrieden, aber ein wenig verlegen.

»Ich habe mich gewundert, daß ein Freund wie er nicht geantwortet hat ...«

Sie hätte gern herausbekommen, wie weit er auf dem laufenden war.

»Ist es tatsächlich so schlimm? ... Besteht Lebensgefahr? ...«

»Diesmal nicht, aber beim nächsten Anfall ...«

»Das Herz, nicht wahr? ... Mir ist schon aufgefallen, daß sehr mächtige Männer meist an Herzversagen sterben ... Kommen Sie herein, Sophie ... Stellen Sie das Tablett hier ab ...«

Ein ganz gewöhnliches Dienstmädchen, schwarzgekleidet, mit weißer Schürze. Sie beugte sich über ihre Chefin und sprach leise mit ihr.

»Sagen Sie, daß ich gleich komme … Erlauben Sie?«

Wieder ein Kunde, irgendwo in einem Zimmer. Die Auseinandersetzung war langwierig. Irgend etwas hatte nicht geklappt! Und der Kunde mußte unzufrieden gewesen sein, denn die Wohnungstür schlug heftig zu.

Dennoch kehrte Sylvie lächelnd zurück.

»Wo war ich stehengeblieben? … Ach ja! Ich sprach übers Herz.«

Sie entkorkte die Flasche, füllte die Sektschalen.

»Zum Wohl … Ich hatte schon vor, einmal nach Rouen zu fahren, um ihn zu besuchen …«

»Ich weiß …«

Sie zuckte zusammen, beobachtete ihn aufmerksamer, wartete, und er gönnte sich das boshafte Vergnügen, zu murmeln:

»Ich habe die Briefe gelesen.«

Sie meinte fast, an seiner Haltung ablesen zu können, daß sie in seiner Tasche steckten, und das traf auch zu.

Es hatte ganz unschuldig an einem Tag angefangen, da Henri schon frühmorgens zur Börse nach Le Havre gefahren war und Charles die Post aufmachte. Im Prinzip öffnete er keine Privatbriefe, sondern nur solche, deren Firmenzeichen er kannte oder auf denen die Adresse mit der Maschine geschrieben war. Er hatte mit dem Brieföffner einen Umschlag aufgeschnitten und gelesen:

Sehr geehrter Herr,
Schon lange habe ich mich nicht mehr an Sie gewandt, obwohl mir Ihre freundliche Einstellung bekannt ist. Nach meinem letzten Brief im vergangenen Jahr aus Nizza habe ich mich in Paris niedergelassen und meine Tätigkeit wieder aufgenommen.

Ich hätte mich über Ihren Besuch gefreut, aber ich weiß, daß Sie sehr beschäftigt sind. Also sehe ich mich in der Gewißheit, daß Sie ihm Aufmerksamkeit schenken werden, gezwungen, Ihnen meinen Plan schriftlich mitzuteilen. Sie haben mir bis jetzt jedesmal geholfen, wenn es nötig war, und ich habe mich mit den bescheidenen Summen begnügt, die ich brauchte.

Meine Tochter wird größer. Ich habe sie in einem belgischen Internat untergebracht, wo ich sie hin und wieder besuche. Beim letzten Mal habe ich mich gefragt, was aus ihr werden soll, wenn mir etwas zustößt. Da habe ich an Sie gedacht.

Könnten Sie mir nicht auf einen Schlag eine ziemlich große Summe zukommen lassen, die mich von jeder Sorge dieser Art befreien würde? Wenn ich mit diesem Geld eine Lebensversicherung auf meine Person abschließe, kann ich sicher sein, daß meine Tochter nicht ins Elend geraten wird.

Könnten Sie mir zu diesem Zweck fünfzigtausend Francs zukommen lassen? Ich verspreche Ihnen, daß ich dann künftig nie mehr Ihre Hilfe in Anspruch nehmen werde.

Sie wissen, daß ich vernünftig bin. Wie Sie wissen, bin ich das immer gewesen, und wie Sie ebenfalls wissen, können Sie auf meine Diskretion rechnen …

Charles hatte diesen Brief ohne besondere Absicht in seine Tasche gesteckt, einfach weil er wußte, daß sein Schwager böse sein würde, weil er ihn aufgemacht hatte.

Erst nach und nach und immer nur für Minuten hatte er dann in seinem Glaskäfig darüber nachgedacht. Mechanisch hatte er morgens die eingehende Post angesehen und eines Tages dann die Handschrift wiedererkannt.

Er hatte nicht gezögert.

Sehr geehrter Herr,
Ich bin hocherstaunt, keine Antwort auf meinen Brief vom vergangenen Monat erhalten zu haben. Dabei bin ich überzeugt, daß mein Vorschlag vernünftig war und daß andere an meiner Stelle ihre Lage ganz anders ausgenutzt hätten.

Erinnern Sie sich noch an die Zeit, als Sie mich in der Rue du Chaudron mit Ihrem Freund besucht haben ...

Die beiden Worte waren in dem Brief unterstrichen.

... Ich möchte doch hoffen, daß Sie eine alte Freundin nicht vergessen haben, die nur einen winzigen Teil von dem für sich verlangt, was Sie durch sie verdient haben und ...

Erst im dritten Brief war Sylvie deutlicher geworden.

Ich verstehe Ihr Schweigen nicht und kann nicht glauben, daß Sie vergessen haben, welchen Dienst ich Ihnen erwiesen habe. Ich möchte nicht wissen, was passieren würde, wenn ich ebenso geschwätzig wäre wie viele andere Frauen, und Sie haben auch Glück, daß ich nicht so eigennützig bin.

Aber dumm bin ich auch nicht, und ich habe eine Menge Dinge verstanden. Zum Beispiel, daß Sie heute nicht der reiche Kaufmann wären, wenn IHR FREUND *noch lebte.*

Was habe ich schon davon gehabt, daß ich mich so angestrengt habe? Einmal zehntausend, dann drei Anweisungen von je fünftausend Francs.

Und jetzt, da ich Sie ein für alle Mal um fünfzigtausend Francs bitte, hüllen sie sich in Schweigen.

Ich überlege, ob ich mich nicht doch an einen Dritten um Rat wenden muß. Ich werde dies nur im äußersten Fall tun, wenn Sie mir weiterhin nicht antworten.

Ansonsten können Sie, wie Sie wissen, stets auf mein Schweigen rechnen.

Ihre sehr ergebene
Sylvie

Sie lächelte mit der Sektschale in ihrer Puppenhand. Sie schien an nichts zu denken, und doch war ihr anzumerken, daß sie auf das leiseste Geräusch in der Wohnung horchte. Auch den letzten Brief hatte sie mit derselben nach links gerichteten Handschrift eines wohlerzogenen jungen Mädchens geschrieben!

Wenn ich nicht innerhalb von vierzehn Tagen eine Antwort erhalte, könnte der Familie Bonduel sehr wohl zu Ohren kommen (denn ich habe mich erkundigt, es gibt noch Schwäger, die hoch erstaunt waren, nur eine so lächerliche Erbschaft zu erhalten), wie Jean Bonduel gestorben ist und wie ein Herr, der mir gut bekannt ist, ihn fast jeden Abend zu mir gebracht hat, um ihn langsam, aber sicher in den Tod zu treiben.

Erstaunlicherweise hatte Charles sofort verstanden, so wie er auch die Schliche Mauricettes mit ihrem Grafen, die armselige Sentimentalität Camilles verstanden und wie er Lulus mieses kleines Abenteuer erraten hatte.

Er hatte Jean Bonduel kennengelernt, als dieser noch Gesellschafter Dionnets war. Er hatte ihn im Büro als eine leichtsinnige, unbeständige Person mit den rosigen Wangen und glänzenden Augen eines Tuberkulosekranken erlebt.

Er wußte, daß die beiden Männer abends häufig zusammen ausgingen.

Und jetzt, in Madame Sylvies Salon, durchschaute er alles. So war es gewesen. Es war ganz einfach. Fast zu einfach!

Dionnet hatte es ja vielleicht anfangs nicht absichtlich getan. Charles hätte gern die Männer gesehen, die die Klingel unter dem Fußabtreter betätigten und die man in den Zimmern raunen hörte. Ob sie seinem Schwager Henri ähnelten?

Richtig! So mußte es gewesen sein! Henri besuchte Sylvie regelmäßig, als sie noch in Rouen war. Er sah seinen breiten Rücken auf der Treppe geradezu vor sich, wenn Henri wieder ging, seinen schweren Mantel zuknöpfte und in seiner Tasche nach einer Zigarre suchte.

Ob er Bonduel zu Sylvie geführt hatte? Und wer war dann auf die Idee gekommen? Wahrscheinlich doch sie! Auf so eine Idee konnte nur eine Frau kommen, eine Frau wie sie, die daran gewöhnt war, Männer vorher und nachher zu sehen, von ihren Gespielinnen ins Vertrauen gezogen zu werden und vielleicht sogar an den Türen zu horchen?

Vielleicht hatte sie zum Beispiel zu Dionnet gesagt: »Ihr Freund geht aber ganz schön ran ...« Oder etwas dieser Art, Sätze, die man in solchen Häusern ausspricht. »Wenn er so weiter macht, ist es bald aus mit ihm ...«

Heißt es nicht, daß Schwindsüchtige ganz besonders leidenschaftlich sind?

»Sie trinken ja gar nicht ...«, bemerkte sie. »Woran denken Sie?«

Und sie selber, woran hätte sie schon denken können, wenn nicht an das, was die Basis ihres Gewerbes bildete? Sie zeigte sich ein wenig verlegen.

»Ich weiß nicht, ob ich mir erlauben darf ...«, murmelte sie.

Sie beobachtete Charles. Warum eigentlich nicht? ...

»... Würde es Ihnen vielleicht Spaß machen, mit den jungen Damen ein Glas zu trinken? ... Ich habe ein paar sehr nette hier ... Sie stimmen zu, nicht wahr? ... Damit Ihr Weg von Rouen nicht ganz umsonst war ...«

Und ohne seine Antwort abzuwarten, machte sie die berühmte Tür auf.

»Louisette ... Geneviève ... Marcelle ...«

Sie kamen brav, fast scheu herein, streckten die Hand aus, und Charles überlegte, ob wohl eine von ihnen jene war, die er vorhin nackt auf dem Gang gesehen hatte. Sie waren angekleidet. Eine von ihnen trug ein hübsches marineblaues Kostüm.

»Nehmt euch Gläser, Kinder... Monsieur ist ein guter Freund von mir...«

Damit meinte sie offenbar: »Ihr müßt sehr nett sein zu ihm...«

Dann sagte sie mit einem verständnisinnigen Lächeln:

»Ich darf Sie doch allein lassen?... Ich höre, daß ich gerufen werde...«

Dann noch vor dem Hinausgehen halblaut ein letztes Wort zu einer der Frauen:

»Das blaue Zimmer...«

Charles wehrte sich nicht. Er dachte unentwegt an Henri und überlegte, ob dieser wohl seine Gewohnheit beibehalten hatte und irgendeine Madame Sylvie von Rouen besuchte. Wahrscheinlich ja.

Es war sehr merkwürdig, wie weit man sich hier von allem entfernt fühlte. Zwar hörte man draußen die Busse vorüberfahren, aber man konnte sich kaum vorstellen, daß jenseits dieser Vorhänge die Straße von sintflutartigen Regengüssen überschwemmt wurde, durch die geschäftige dunkle Gestalten patschten.

Diese Wohnung war wirklich eine Welt für sich, die Wärme, die hier herrschte, war anders, die Luft roch anders, die Stimmen klangen anders, hier sprach man unbekannte Worte aus oder Worte, die einen ganz anderen Sinn bekamen, und hier wirkte es auch ganz natürlich, daß sich ein großes braunhaariges Mädchen nackt auszog, eine Zigarette anzündete und sich auf die Armlehne eines Sessels setzte.

»Sind Sie aus Rouen?«

Sie sagte das, weil Madame Sylvie geäußert hatte, daß Charles ein alter Freund von ihr sei. Und da sie lange in Rouen gelebt hatte...

»Ich komme auch aus der Gegend, aus Bréauté...«

Genau wie die Familie Babin! Wie Laurence! Sie waren alle drei sehr nett, gutgelaunt und willig. Lebten sie nicht den ganzen Tag in dieser trägen Atmosphäre und zogen sich immer nur aus und wieder an?

Wer weiß, ob Marie...

»Woran denkst du?«

»An nichts...«

Er dachte an Marie. Und jetzt konnte er auch ganz ruhig, fast ungerührt an sie denken. Laurence hingegen fühlte sich jedesmal, wenn man den Namen ihrer ältesten Tochter aussprach, veranlaßt, zu seufzen und den Kopf abzuwenden, als wollte sie eine Träne vergießen.

Das war bei Charles schon lange vorbei. Dabei war er einst auch ein Vater wie alle anderen gewesen. Wie oft hatte er sich, als Marie noch ganz klein war, nachts erhoben, weil er befürchtete, sie könnte sich aufgedeckt haben. Er hatte Fläschchen gewärmt, Wiegenlieder gesungen, damit sie wieder einschlief. Und wie stolz hatte er den Kinderwagen durch die Straßen geschoben, er war es auch gewesen, der sie am ersten Schultag begleitet hatte.

Vielleicht hatte er sich um seine anderen heranwachsenden Kinder nicht genügend gekümmert, weil er nur Augen für Marie hatte?

»Dein Liebling«, sagte Mauricette eifersüchtig.

Er konnte sich die Zeit damals schon nicht mehr richtig vorstellen, vor allem auch nicht, wie er selber gewesen war. Äußerlich hatte er sich wohl nicht sehr verändert. Nun, er war eben ein ganz gewöhnlicher Mann gewesen, wie man viele auf der Straße sieht, ein x-beliebiger Ehemann, Vater, Angestellter, er vergaß nie einen Namenstag oder einen Geburtstag, brachte Kuchen mit und kam am Heiligen Abend stets mit einem Arm voller Pakete heim. Sein Schwager hingegen...

Zu jener Zeit spielten sie sonntagnachmittags immer Karten. Es gab nämlich für alles bestimmte Zeiten. Weiß Gott warum. Es gab die Zeit, da sie sich immer bei Bobinec trafen, dann machten sie eine Weile immer Ausflüge aufs Land. Und eine Zeitlang hatte die ganze Familie sogar geangelt.

Karten spielten sie mit Monsieur Chaigneau. Der wohnte zwei Häuser weiter. Er arbeitete beim Finanzamt. Ein Junggeselle, fünfunddreißig Jahre alt, der ein gewisses Ansehen genoß, weil er eine Haushälterin hatte, was in ihrer Gegend etwas Seltenes war.

In jenen Monaten schwor die ganze Familie nur auf Monsieur Chaigneau, Paul eingeschlossen, der doch schon immer mißtrauisch gewesen war.

»Monsieur Chaigneau hat gesagt...«

»Frag mal bei Monsieur Chaigneau nach, ob er morgen kommt...«

Sie gingen bei ihm ein und aus. Er kam immer mal vorbei und brachte illustrierte Zeitschriften.

Als Charles eines Abends vom Büro nach Hause gekommen war, hatte er seine Tür aufgestoßen, die halb offen stand. Warum bewegte sich Charles stets lautlos? Er hatte es nicht absichtlich getan, schon gar nicht, weil er sie überraschen wollte. Er sah noch immer den Flur mit den blauen Fließen, die halboffene Tür zu dem Wohnzimmer vor sich, wo ein Klavier und ein mit rotem Plüsch bezogener Klavierhocker stand.

Und da hatte er Marie und Monsieur Chaigneau entdeckt. Marie war noch nicht einmal sechzehn! Und was sie da in dem halbdunklen Zimmer machten, war keine harmlose und normale Sache. Es war häßlich...

Er hatte nichts gesagt. Er war geräuschlos wieder hinausgegangen. Er hatte nie mit jemandem darüber gesprochen. Und es wäre vielleicht übertrieben, zu behaupten, daß er sich von dem Tag an verändert hatte.

»Warum bist du so unfreundlich zu Monsieur Chaigneau?«

Monsieur Chaigneau zog dann um, weil er irgendwo in die nähere Umgebung von Paris versetzt worden war. Marie hingegen war noch zwei Jahre zu Hause geblieben, dann wollte sie unbedingt nach Paris, um als Verkäuferin in einem Kaufhaus zu arbeiten.

»Kannst du sie denn nicht daran hindern? Verbietest du es ihr nicht?«

Nein! Wozu auch? Er wußte ja Bescheid. Und nicht nur über die Geschichte mit Chaigneau. Es hatte auch noch andere gegeben, darunter die mit einem Polizisten aus ihrem Viertel, den Charles auch heute noch hin und wieder auf Posten an der Boïeldieu-Brücke sah.

»Ziehst du dich nicht aus?«

Er überlegte, ob er sich wirklich ausziehen sollte. Er war unentschlossen. Merkwürdige Vorstellung, daß Jean Bonduel auf diese Weise gestorben war! Ein reicher, freier junger Mann, der, wie Laurence immer sagte, alles besaß, um glücklich zu sein!

Aber daß dann ein solcher Junge an einen Mann wie Henri geraten war!... Was wohl die Schwäger von Bonduel meinten, die sich doch eine Erbschaft erhofft hatten?

»Du wirst sehen, der läßt sich von diesem Dionnet ausnehmen...«

Weiß Gott! Wie hätte sich dieser leichtsinnige Junge in den Abrechnungen seines Kompagnons zurechtfinden sollen? Er sah, daß Geld hereinkam, daß die Firma immer größer wurde! Er glaubte daran!

Als er starb, reichte seine Hinterlassenschaft gerade noch für die Beerdigungskosten!

Charles war sicher, daß Madame Sylvie hinter der Tür stand. Er hatte ein scharfes Gehör. Er nahm ein Rascheln wahr. Ob sie vielleicht durchs Schlüsselloch sah? Wie bei Henri...

Eine der Frauen fragte erstaunt:

»Willst du nicht?...«

Nein! Wenn er genau überlegte, hatte er keine Lust. Im übrigen war er nie ein großer Draufgänger gewesen.

»Ich muß jetzt gehen...«

»Einfach so?«

Einfach so, jawohl! Ein Beweis dafür, daß Sylvie an der Tür gehorcht hatte, war, daß sie gleich hereinkam.

»Schon?«

»Ja, ich muß nach Rouen zurück...«

»Laßt uns einen Augenblick allein, meine Lieben...«

Dann sagte sie in ernsterem Ton:

»Meinen Sie wirklich, daß ihm etwas passieren kann? Ich frage, weil...«

Nun los! Weil was? Weil sie natürlich einen Gedanken im Hinterkopf hatte. Charles sagte nichts, aber er erriet alles.

Er hatte sich manchmal schon gefragt, ob er tatsächlich ein ganz normaler Mensch war oder ob er nicht vielleicht doch einen sechsten Sinn besaß. So wußte er zum Beispiel ganz genau, daß eine der Frauen vorhin hinter seinem Rücken mit den Augen gezwinkert hatte. Er hatte sie aber nicht etwa in einem Spiegel gesehen. Ein Zwinkern ist lautlos. Wie konnte er es dann wissen? Und woher hatte er gewußt, was Lulu passiert war, obwohl er ihr doch nicht nachgegangen war und nichts gesehen hatte. Sie hätte ja auch aus einem andern Grund in Tränen aufgelöst sein können. Aber nein! Er war darauf gefaßt gewesen. Er hatte schon tagelang vorher gewußt, daß es so kommen mußte.

»Sie haben gesagt, daß Sie sein Schwager sind?«

Sylvie überlegte nun, ob er als Schwager wohl auf der Seite Dionnets stand, oder im Gegenteil...

Wenn Henri sterben sollte, müßte sie dann nicht jetzt die Gelegenheit nutzen, bevor es zu spät war?

Dies dachte sie nämlich. Deshalb zögerte sie immer noch und spielte mit einem Schlüssel.

»Kommen Sie nicht bald einmal wieder nach Paris?... Ich hoffe, die Kleinen waren nett zu Ihnen?...«

»Sehr nett.«

»Richten Sie ihm meinen Dank aus und meine besten Wünsche für seine Gesundheit...«

Sie seufzte. So eine gute Gelegenheit... Aber sie war nicht sicher, ob sie Charles trauen konnte.

»Fahren Sie mit dem Zug zurück?«

Sie begleitete ihn hinaus, nachdem sie sich versichert hatte, daß niemand im Flur und im Treppenhaus war.

»Unten steht das Auto...«

»Auf Wiedersehen... Und wenn Sie einmal Lust haben, scheuen Sie sich nicht...«

Dann war er wieder draußen in der zugigen Hofeinfahrt, im Regen, wo das funkelnde Auto stand. Oscar kam aus einer Kneipe und wischte sich den Schnauzbart ab.

»Fahren wir zurück?«

»Ja, wir fahren zurück...«

Er hob den Kopf, sah aber im zweiten Stock nur geschlossene Klappläden. Es war vorbei. Die Landstraße... Sie hätten fast einen Radfahrer umgefahren, der plötzlich ausscherte, und Charles stellte sich den Unfall in allen Einzelheiten vor, als hätte er tatsächlich stattgefunden. Er bemerkte, daß Oscar getrunken hatte und betont lässig fuhr. Von da an achtete er nur noch auf die Gefahren der Landstraße.

Als sie Rouen erreichten, brannte schon lange Licht, aber das Geschäft war noch nicht geschlossen. Mademoiselle Thérèse wog Bohnen ab.

Durchdringender Wachsgeruch, der von oben kam, wo man gerade damit fertig war, das Wohnzimmer in Ordnung zu bringen, erfüllte das Treppenhaus.

»Bist du es Charles? Er hat schon dreimal nach dir

gefragt. Wenn wir ihn nicht gehindert hätten, wäre er glatt aufgestanden.«

Die Gefahr war vorüber. Nachdem Henri nicht gestorben war, betrachtete man ihn schon wieder als einen ganz gewöhnlichen Menschen. Er hatte verlangt, daß sie die Tür offenließen, damit er hören konnte, was im Hause vor sich ging. Mit zwei oder drei Kissen im Rücken saß er fast aufrecht im Bett.

»Mach die Tür zu. Hast du sie angetroffen?«

»Es ist erledigt«, verkündete Charles nur. »Ich habe ihr die fünfzigtausend Francs übergeben.«

»Hat sie nichts gesagt?«

Er schüttelte nur den Kopf. Nein! Nichts! Und jetzt wußte auch Henri nicht mehr, was er noch sagen sollte. Die beiden sahen sich nur stumm an.

Und dies war bloß der Anfang. In Zukunft würde alles noch viel schrecklicher werden.

»Laurence war hier...«

Weil er zum Mittagessen nicht nach Hause gekommen war natürlich! Das spielte aber keine Rolle!

»Warst du schon im Büro?«

»Noch nicht...«

Henri hätte ihm gern ganz andere Fragen gestellt, aber Charles wußte genau, daß er es nicht wagen würde. Er sah seinen Schwager, dessen Wangen unter dem Bart ganz blaß waren und der Schatten unter den Augen hatte, mit einem kalten Blick an. Er spürte, daß das grausam war, aber es rührte ihn nicht!

»Vergiß nicht, morgen früh wegen dem Wechsel von Pénicaud zur Bank zu gehen...«

Weder Martine noch Albert waren zu Hause.

»Guten Abend!«

Er durchquerte das Wohnzimmer, wo seine Schwägerin den Dienstmädchen dabei half, die Möbel wieder an ihren Platz zu stellen.

»Gehst du? Laurence war hier...«

»Ich weiß...«

»Hat er etwas gesagt? Der Arzt muß jeden Augenblick kommen... Meinst du nicht auch, daß es ihm besser geht?«

»Bestimmt...«

Er ging noch in seinem Büro vorbei, sagte dann zu Mademoiselle Thérèse:

»Es geht ihm besser...«

Er fand seinen Schirm wieder, der am Fuß der Treppe stand, machte ihn auf, als er den Gehsteig betrat, und ging wie Hunderte andere Angestellte nach einem Arbeitstag an den beleuchteten Schaufenstern entlang nach Hause.

8

Es war eine mechanische Geste. Während er seinen Mantel und das Jackett aufknöpfte, um den Schlüssel aus der rechten Hosentasche zu holen, schob er den Kopf leicht nach vorn, neigte ihn nur ganz wenig und hatte das Schlüsselloch in Augenhöhe vor sich. Er brauchte mit seinem Gesicht nicht näherzukommen. Der Flur wirkte im schwachen goldgelben Licht der Laterne mit den bunten Scheiben sehr lang, wie ein endloser neutraler Raum, und ganz am Ende dieser Perspektive lag die grell erleuchtete Küchentür.

Leute, die in Kristallkugeln Szenen aus der Vergangenheit oder der Zukunft erkennen, sehen sie wohl aus dieser Sicht. Auch die Tür mit den sechzehn länglichen Glasscheiben war winzig, und fast immer konnte man dahinter Laurence erkennen, denn dies war ihr Platz.

Es war aber eine Laurence, die sich selber schrecklich ähnelte und gleichzeitig sowohl räumlich als auch zeitlich schrecklich fern war, eine Laurence, die strickte oder aß oder redete oder vielmehr ihre Lippen lautlos bewegte, während sie sich an Personen wandte, die im anderen Teil der Küche waren und unsichtbar blieben. Fast immer drehte sich ihr Gesicht in dem Augenblick, da der Schlüssel rasselnd das Metall des Schlosses berührte, dem Niemandsland des Flurs zu, und man erriet aus ihren Lippenbewegungen, daß sie sagte:

»Da kommt Charles...«

Man erriet aber nicht nur dies. Man erriet, daß irgend etwas jetzt ins Stocken geriet, daß das Leben sich veränderte, weil Charles nach Hause kam. Man verstummte mitten im Satz oder aber man redete schnell über etwas anderes. Vielleicht versteckte man sogar schnell etwas, das auf dem Tisch stand, und das er nicht sehen sollte? Und wie sie jetzt wohl aufseufzten da hinten, weil es mit der schönen Gemütlichkeit zu Ende war, die sie um sich verbreitet hatten.

Früher war es fast genauso gewesen, als die Mädchen im ganzen Haus herumtollten, auf der Treppe sangen oder zankten, einander aus den Zimmern riefen und die Türen zuschlugen. Das Schlüsselrasseln brachte ihr Herumwirbeln nicht zum Stillstand, aber die Ausgelassenheit hörte auf.

»Da kommt Charles...«

Er ging ohne sich etwas anmerken zu lassen zur Garderobe, legte Mantel und Hut ab, spannte seinen Schirm zum Trocknen auf. Diesmal schnupperte er in die Luft, weil es im ganzen Haus scharf nach Bückling roch, was er schon immer unerträglich gefunden hatte. Vielleicht war Laurence versucht gewesen, ihn vom Tisch zu nehmen, aber es blieb ihr keine Zeit dazu, und in der ganzen Küche schwebte noch der Fettdunst von den Bücklingen, die man in der Pfanne gebraten hatte.

Sie hatten nicht auf ihn gewartet und mit dem Essen schon angefangen; Laurences Mutter, heute war ihr Tag, Laurence und ihre drei Töchter. Und Laurence, die wußte, daß ihn das störte, rief mit freudiger

Stimme und jenem leichten Zittern ihrer Unterlippe, das sie immer hatte, wenn sie nicht aufrichtig war, aus:

»Na, du hast ja offenbar keine Lust gehabt, dich in Paris zu amüsieren!... Nach dem, was ich bei Henri gehört habe, dachte ich, du kommst erst spät zurück...«

Sie holte Blutwurst aus dem Wandschrank, die sie für ihn gekauft hatte und nun anstelle der Bücklinge auftischte. Er sagte nur guten Abend und setzte sich an seinen Platz. Die anderen schienen ihren Appetit und den Faden ihres Gesprächs verloren zu haben.

Trotzdem versuchte Laurence, wieder anzuknüpfen:

»Was hattest du gesagt, Mama?«

Diesmal hatte Charles das sichere Gefühl, daß die anderen sich geradezu verschworen hatten. Er bemerkte, daß Camille ganz rot war und verquollene Augenlider hatte, als hätte sie geweint, auch war ihr Blick merkwürdig beseelt. Er bemerkte auch den kurzen Blick, den Laurence ihrer Mutter zuwarf, und deren Verwirrung, in Anwesenheit ihres Schwiegersohns versagte sie immer.

Was hatte er ihnen denn getan, er beanspruchte doch so wenig Raum für sich und mischte sich nie in ihre Angelegenheiten ein? Bei Paul war es noch schlimmer. Sobald Charles eintrat, verfiel Paul, der am Feuer saß, sofort in eisiges Schweigen, zog an seiner Pfeife, schüttelte sie aus, und es vergingen selten mehr als fünf Minuten, dann stand er seufzend auf und erklärte:

»Ich muß jetzt gehen... Adieu, Laurence...«

Dann an die Runde gewandt:

»Adieu zusammen...«

»Was hatte ich gesagt?« fragte die alte Frau, die nicht mehr weiter aß.

»Du hast über Arthur gesprochen ... Du hast gesagt, daß er seine Stelle aufgegeben hat ...«

Sie nahm es ihrer Tochter übel, daß sie nun gezwungen war, vor Charles darüber zu reden.

»Er behauptet, daß er dabei seine Kleider verschmutzt und täglich für dreißig Francs seine Schuhe abgenutzt hat ...«

»Was will er jetzt machen?«

»Wenn ihm irgend jemand fünftausend Francs leiht, will er einen alten Lieferwagen kaufen, der in seiner Nähe zum Verkauf angeboten wird. Er meint, wenn er von den abgelegenen Höfen Gemüse holt und es zum Markt bringt ...«

Laurences Blick aus ihren großen Augen schien sich in der Vergangenheit zu verlieren.

»Hat nicht auch Papa zu einem bestimmten Zeitpunkt Gemüse abgeholt?«

Wie konnte sie so etwas vor Charles sagen? Die Mutter korrigierte:

»Das war doch etwas anderes ...«

»Ach! ... Und woher will Arthur die fünftausend Francs finden?«

Arthur lief sein ganzes Leben lang immer nur hinter dem Geld her, fünftausend Francs oder fünfzig, fürs Essen, für den Arzt, um ein Geschäft zu kaufen.

»Er hat mit Bobinec darüber geredet und ihm eine Beteiligung angeboten ... Aber Bobinec ist in diesem Augenblick selber ...«

»Wohin gehst du?« fragte Laurence ihren Mann.

Er war aufgestanden und antwortete nicht. Er verließ die Küche. Mit zusammengeschobenen Brauen überlegte Laurence, was denn jetzt wieder mit ihm los sein sollte, vor allem, da sie hörte, daß er auf den Dachboden ging.

Mauricette nutzte die Gelegenheit zum Weggehen.

»Kommst du spät nach Hause?« fragte ihre Mutter.

»Ich weiß nicht...«

»Meinst du nicht, daß an einem Tag wie heute...«

Sie sah Camille an. Mauricette zuckte mit der Achsel.

»Als ob es darauf ankäme...«

Sie schloß die Haustür hinter sich, als Charles mit der gleichen unbeteiligten Miene wieder in die Küche kam und dann vor seine Schwiegermutter fünf Tausendfrancscheine hinlegte. Die alte Madame Babin lachte nervös auf.

»Was machst du da?«

»Das ist für Arthur...«

Und Laurence platzte mit der lauten Fröhlichkeit heraus, die sie immer an den Tag legte, wenn sie verunsichert wurde:

»Ja bist du denn plötzlich reich geworden, Charles?«

Lulu sah ihren Vater an. Camille ebenfalls.

»Nun, dann gib diese fünftausend Francs Arthur, Mama... Charles wird sie schon nicht gestohlen haben...«

Die Frauen redeten noch eine Weile über alles mögliche, über Célines Zweitältesten, der Mumps hatte, und Charles aß weiter stumm wie ein Kaninchen. Er spürte, daß es noch nicht zu Ende war. Er fragte sich besorgt, worüber sie nun noch reden würden. Er litt schon im voraus physisch darunter, wie überhaupt unter allem, was den ruhigen Trott seines Lebens störte.

Am liebsten hätte er sich lautlos ins Eßzimmer verzogen, um sich dort irgendeiner Arbeit zu widmen, wie damals, als er, nachdem Marie weggegangen war, sich fast ein Jahr damit beschäftigt hatte, eine Uhr wieder zusammenzubauen, die er davor Stück für Stück auseinandergenommen hatte.

Laurence spürte wohl, daß er seine Flucht vorbereitete. Sie sah Camille an. Camille begann abzuräumen, ohne jemandem dabei ins Gesicht zu schauen.

»Übrigens, Charles ...«

Nun mußte ja ein ernstes Thema zur Sprache kommen!

»Camille wagt nicht, mit dir darüber zu sprechen, aber ...«

»Ich muß jetzt gehen, Kinder!« verkündete Madame Babin überstürzt.

»Aber nein, Mama! Lulu begleitet dich ...«

»Ich brauche keine Begleitung. Wenn ihr glaubt, daß man in meinem Alter auf der Straße etwas zu fürchten hat ...«

Sie ließ sich nicht davon abbringen, ihre Kleider zu suchen. Wenn nur Charles nicht die Gelegenheit nutzte und ...

»Also dann. Gute Nacht, Mama. Bis Sonntag ...«

»Gute Nacht, Kinder. Laßt euch nicht stören. Ich mache die Tür gut zu ...«

Man gönnte ihm einfach nicht seine Ruhe! Zwanzig Jahre lang, über zwanzig Jahre lang war außer der Sache mit Marie nie etwas geschehen. Nie war überraschend Besuch zur Tür hereingekommen, nie hatte es im Briefkasten etwas Unvorhergesehenes gegeben, nie irgendeine Botschaft, die ihren Alltag auch nur ein wenig verändert hätte.

Und jetzt ging es Schlag auf Schlag... Da war Henri... Da waren die fünfhunderttausend Francs... Man übte Druck auf ihn aus... Man ließ ihm keine Zeit, Ordnung in seine Überlegungen zu bringen... Und womit wollte man ihn jetzt noch bedrängen?

»Hör mal zu, Charles. Mach doch nicht so ein Gesicht. Das arme Mädchen kann ja nichts dafür...«

Man brauchte Camille ja nur anzusehen, um zu erkennen, daß es um sie ging. Also auch sie? Unwillkürlich musterte er ihre Taille. Laurence begriff.

»Es ist nicht das... Sie ist verlobt... Sie wollte in diesen Tagen mit uns darüber reden... Heute hat er ihr verkündet, daß er eine Stelle in Ägypten angenommen hat... Erzähl doch selber, Camille...«

Camille war ganz aufgelöst.

»Es ist mein Lehrer...«, stammelte sie. »Er hat es nicht gewußt. Man hat ihm diese Stelle ganz überraschend angeboten... Ein Lehramt an einer französischen Hochschule in Kairo... Er verdient dort dreimal mehr als hier, selbst mit seinen zusätzlichen Stenokursen...«

Plötzlich weinte sie still vor sich hin und drehte sich dem Ofen zu. Im gleichen Augenblick erhob sich Lulu und verschwand so schnell aus der Küche, daß man sie sozusagen gar nicht hinausgehen sah.

»Wohin geht sie?«

In ihr Zimmer, dessen Tür gleich darauf zufiel.

Laurence tat Zucker in ihren Kaffee und versuchte, Camille beizuspringen.

»Du verstehst... Er kann nicht eine so weite Reise hierher zurückmachen, um zu heiraten... Sein Schiff fährt in einem Monat... Es geht natürlich jetzt alles etwas schnell, aber es handelt sich offenbar um einen ernsthaften und anständigen Jungen... Camille sagt, daß sie beide sich ihrer Sache sicher sind. Was meinst du dazu?«

Es fiel ihm sehr schwer zu antworten oder auch nur eine Haltung einzunehmen. Er sah sie aus verschwommenen Augen an. Also ging es nur darum? Camille wollte heiraten?

Seine Antwort reizte Laurence zum Lachen.

Er fragte nämlich: »Was ist jetzt zu tun?«

»Zuerst einmal muß er herkommen und deine Erlaubnis einholen! Dann muß sofort das Aufgebot gemacht werden, damit sie innerhalb eines Monats heiraten können. Alle müssen bei der Aussteuer mithelfen... Vielleicht wäre es auch angebracht, daß du Erkundigungen einholtest?... Es ist ganz einfach, denn er hat nur noch seine Mutter, die von einer kleinen Rente lebt... Vielleicht zieht sie später zu ihnen...«

»Gut...«

»Ich meine, er könnte vielleicht Sonntag kommen... Auf diese Weise würde er die ganze Familie kennenlernen...«

»Ja.«

Laurence winkte ihrer Tochter: »Umarme deinen Vater!«

Camille gehorchte, umarmte Charles und stammelte:

»Danke, Papa.«

Dann lief auch sie in ihr Zimmer. Lulu lag schon im Bett, was sonst nie vorkam. Camille dachte, daß sie weinte, näherte sich auf Zehenspitzen und berührte ihr Gesicht, um zu fühlen, ob es naß war.

»Was ist denn los?« fragte Lulu ruhig. »Warum machst du kein Licht an?«

«Ich dachte ...«

Sie drehte den Schalter an und sah, daß ihre Schwester mit offenen Augen dalag und vor sich hinstarrte.

»Ist es meinetwegen?« fragte Camille beunruhigt.

»Was?«

»Ich weiß nicht ... Macht es dir etwas aus?«

»Daß du heiratest? Du hast vielleicht Vorstellungen ...«

»Was dann? ... Weil Mauricette das vorhin gesagt hat?«

Es war jedenfalls nicht sehr elegant von Mauricette gewesen. Wozu mußte sie Lulu erzählen, daß sie Georges mit einem Mädchen gesehen hatte?

Vor allem, da sie ihn ja selber gesehen hatte! Er war absichtlich vor dem Schuhgeschäft herumgegangen und vor dem Schaufenster stehengeblieben.

»Du weißt doch genau, daß das kein Junge für dich ist ... Vergiß ihn ...«

»Ich habe ihn schon vergessen ... Er ist mir gleichgültig ...«

Vor allem, da er keine bessere gefunden hatte als die Tochter des Arztes! Die kannte doch jeder! Sie war gerade erst sechzehn und total verrückt! Steckte sie vielleicht nicht allen möglichen Jungen Liebeserklärungen in den Briefkasten und war sie dabei nicht von Michels Mutter ertappt worden, die ihr dann die Leviten gelesen hatte?

Und die Männer, egal ob verheiratet oder nicht, sah sie so herausfordernd an, daß es denen schon peinlich war.

Mit ihr jedenfalls konnten sie bei seinem Freund ruhig das Licht abdrehen, oder auch nicht abdrehen! Diesem Mädchen käme es darauf bestimmt nicht an!

»Weißt du, daß Papa nichts gesagt hat?«

»Was hätte er denn sagen sollen?« sagte Lulu seufzend und drehte sich zur Wand.

»Merkwürdiger Gedanke, daß ich dann nicht mehr hier bei dir in diesem Zimmer schlafe...«

»Mach aus, ja?«

Charles und Laurence unten trödelten noch ein wenig herum. Sie sprachen nicht miteinander. Laurence beobachtete ihren Mann. Sie hätte ihm zu gern eine Frage wegen der fünftausend Francs gestellt, aber dann fand sie, daß dies doch nicht der richtige Tag dafür war.

»Kommst du hinauf?«

Sie legten sich zu Bett. Im ganzen Haus brannte kein Licht mehr. Und Mauricette, die mit ihrem Grafen in einem Tanzlokal war, versuchte eine neue Taktik. Sie verstand selber nicht, warum sie da nicht schon früher daran gedacht hatte. Ihr Freund konnte sich doch einfach scheiden lassen! Schließlich war sie ja noch unberührt gewesen, als sie ihn kennenlernte! Da war sie doch mindestens so viel wert wie seine Frau!

Sie wußte noch nicht so recht, wie sie es anfangen sollte, aber sie sah ihn jetzt auf eine ganz neue Art an, und ihr Lachen klang an diesem Abend nervöser als gewöhnlich.

»Charles, schläfst du?«

Er antwortete nicht. Er schlief nicht. Sie lagen jetzt schon lange im Bett, Mauricette war schon lange zu Hause, man hörte nur noch die Züge, und Laurence, die gewöhnlich so schnell einschlief, stieß von Zeit zu Zeit einen Seufzer aus.

Auch wenn er nicht antwortete, spürte sie genau, daß auch er nicht schlief. Sie wartete noch eine kleine Weile. Sie berührte ihn nicht, weil er sich immer an den äußersten Rand des Bettes legte und dabei meist einen Arm herunterhängen ließ.

»Hast du einmal darüber nachgedacht, daß damit schon zwei aus dem Haus sind?«

Ein Zittern durchlief das Bett, und er begriff, daß Laurence weinte.

»Und dann ...«

Sie dachte ihren Gedanken nicht zu Ende. Die beiden anderen ...

»Wenn wir dann ganz allein sind ...«

Sie versuchte nicht mehr, ihr Schluchzen zu unterdrücken, und da geschah das Ungewöhnlichste, das es je in ihrer Ehe gegeben hatte. Laurence tastete unter dem schon feuchtwarmen Laken, bis sie den Körper ihres Mannes fühlte; und sie berührte ihn zaghaft, als suchte sie Trost, als ...

Plötzlich war Frost gekommen, und das vorher schwarze Straßenpflaster hatte jetzt eine harte weiße Farbe; alles wirkte weitflächiger, leerer, die Klänge kamen wie von ferne, die Schritte hallten wider, und die Leute, die ihre Hände in die Taschen steckten, stießen kleine Nebelwolken aus.

Mademoiselle Thérèse hatte Schnupfen, schneuzte sich unaufhörlich und kam ins Büro, um ihre Taschentücher am Gasofen zu trocknen. Was war denn so Ungewöhnliches an Charles, daß sie sich beunruhigte? Sie warf ihm immer wieder unsichere, neugierige Blicke zu. Sie stellte ihm merkwürdige Fragen.

»Waren Sie heute morgen nicht oben?«

Warum hätte er hinaufgehen sollen, da Henri ihn nicht rief? Eines der Dienstmädchen war heruntergekommen, aber nur, um nachzusehen, ob er da war. Am Nachmittag war sie noch einmal gekommen und am nächsten Morgen wieder. Daraus konnte man schließen, daß Henri sich Sorgen machte und immer wieder fragte:

»Ist Charles unten?«

Albert kam auf dem Weg zu seiner Vorlesung an dem Glaskäfig vorbei, betrat ihn aber nicht. Erst recht nicht Martine, die stets die Privattreppe benutzte.

Am Vorabend war Arthur zu ihnen nach Hause gekommen. Er hatte seinem Schwager beide Hände gedrückt und sie in den seinen gehalten.

»Weißt du, Charles, was du da getan hast...«

Charles hatte es nicht für ihn getan, auch für sonst keinen, sondern um, geradezu wie eine Herausforderung, seinen Spaß zu haben.

»Es soll aber alles ganz regulär sein, mit Unterschriften und allem ...«

Als ob er das Geld mit oder ohne Unterschrift je zurückzahlen würde!

Es wurde schon genäht. Die Nähmaschine surrte bis Mitternacht. Überall lagen Stoffetzen herum, und auf dem Tisch häuften sich Schnittmuster aus grauem Papier, die man während der Mahlzeiten nur ein wenig beiseiteschob.

Als Henri am vierten Tag ins Büro herunterkam, hatte Charles noch keine Entscheidung getroffen. Er begriff sofort, daß sein Schwager zwar vorgab, ihm geschäftliche Fragen zu stellen, in Wirklichkeit aber mit seinen Blicken eine Antwort von ihm verlangte.

Erstaunlich, wie sich Henri in so kurzer Zeit verändert hatte. Kann ein Mensch denn in wenigen Tagen abmagern? Man hatte den Eindruck, daß ihm seine Jacke und vor allem die Weste zu weit waren, als wäre sein Bauch weggeschmolzen. Seine Wangen unter dem Bart waren eingefallen, und er hatte immer noch Ringe unter den Augen. Was aber vor allem verwunderte, war die vorsichtige Art zu gehen und die geringste Geste zu machen, als befürchtete er, durch eine zu heftige Bewegung irgend etwas in seinem Innern zu zerbrechen.

»Sind die Wechsel bezahlt?«

»Ja, alle. Ich war auf der Bank. Die Angelegenheit mit Barmat ist geregelt.«

Henri setzte sich nicht. Ganz bestimmt hatte er bereits den Panzerschrank durchsucht und wußte, daß Charles, obwohl er es ihm genehmigt hatte, nichts für sich genommen hatte.

Und das verstand er eben nicht. Vielleicht wollte Charles die Auseinandersetzung auf später verschieben, wenn es dem Schwager wieder besser ging? Oder wartete er darauf, daß dieser die Initiative ergriff?

Wenn man Charles so in seiner alten Jacke mit der Buchhaltung beschäftigt sah, konnte man fast glauben, daß sich überhaupt nichts verändert hatte. Er hatte immer diese Miene, die Miene eines Menschen, der durch eine unsichtbare Membran von der Außenwelt getrennt ist. War es nicht auch bei Gehörlosen so?

Henri machte eine kleine Runde durch die Lagerhallen, wagte aber nicht, seine Zigarre anzuzünden, denn der Arzt hatte ihm das Rauchen untersagt. Dann machte er die Tür auf, ging um seinen Schreibtisch herum, sah aber seinem Schwager nicht ins Gesicht. Er wühlte in Papieren, suchte etwas, das es nicht gab, und hoffte die ganze Zeit, daß der andere etwas sagen würde. Aber Charles hob nicht einmal den Kopf!

Haßte er Dionnet immer noch so sehr? Manchmal hatte er schon fast Mitleid mit ihm. Während der Tage des Wartens war es vor allem morgens, wenn Eisblumen am Fenster waren und er langsam die Post öffnete, schon vorgekommen, daß er fast entschlossen war, der Sache ein Ende zu machen.

Es wäre einfach gewesen und er hätte sein Gesicht gewahrt. Er hätte erklärt: »Ich bin so und so an die fünfhunderttausend Francs gekommen. Die behalte ich...«

Er brauchte einfach nur wegzugehen. Mit dem Geld konnte er doch alles machen, was er wollte.

Im letzten Augenblick aber konnte er sich dann doch

nicht dazu entschließen. Den lieben langen Tag kümmerte er sich um Rechnungen, Wechsel, nach drei oder sechs Monaten fällige Zahlungen, strittige Forderungen. Am Nachmittag machte er auf einem höheren Stuhl sorgfältige Eintragungen ins Hauptbuch. Es unterlief ihm kein einziger Fehler, obwohl er keinen Augenblick aufhörte, an seine eigenen Angelegenheiten zu denken.

Beim zweiten Brief Sylvies hatte er alles durchschaut. Er hatte es um so besser durchschaut, als er durch seine Einsicht in die Buchhaltung schon seit langem den Verdacht hegte, daß der Schwager seinen Kompagnon übel hereingelegt hatte.

Und eines Abends dann, als alle seine Töchter ausgegangen waren und Laurence nähte, hatte er sich an seinem Zylinderbüro mit Farbtinte ans Werk gemacht.

Schon als kleiner Junge hatte er eine Vorliebe für Farbtinte, für Wasserfarben und sorgfältige Arbeit gehabt und auch später, als Marie in der Schule war, mit Vergnügen ihre Landkarten gemalt. Diesmal hatte er mit einem Lineal Buchstaben geschrieben, die Druckbuchstaben glichen, aber spitze Ecken hatten.

Du hältst dich wohl für besonders schlau.

Warum er dann mit *Popaul* unterzeichnete, hätte er niemandem erklären können.

Er lächelte nicht. Er schrieb seine Briefchen ebenso gewissenhaft, wie er einst die Landkarten angefertigt hatte.

Du wirst schon noch Schiß bekommen mit deinem Reichtum.

Popaul.

Er redete sonst nie so derb, und es war schwer zu sagen, woher er das jetzt hatte.

Den ganzen Tag über hielt er sich in dem Büro mit Henri auf, den er als Chef behandelte und nicht zu duzen wagte. Und am Abend dann ergötzte er sich mit seinen Tinten und schrieb gewisse Wörter rot, um sie bedrohlicher zu machen.

Du hast einen Lageristen vor die Tür gesetzt, der zwei Dosen Ölsardinen gestohlen hat, und du selber hast die ganze Firma gestohlen.

Popaul.

Das erste Briefchen, das mit der Post kam, hatte Henri vor ihm gelesen, seither steckte er aber die Umschläge, deren Adresse mit eckigen Buchstaben geschrieben war, in die Tasche.

Du kannst Sylvie ruhig nachlaufen. Sie ist umgezogen.

Popaul.

Er war entschlossen, noch lange so weiter zu machen.

Er tat es aus reiner Freude, ohne für sich etwas dabei herausschlagen zu wollen. Er kam nie auf den Gedanken, sein Wissen auszunützen und wie Sylvie von Dionnet Geld zu erpressen.

Was hätte er auch mit dem Geld anfangen sollen? Er

war nie darauf aus gewesen. Im übrigen hatte er welches, das er Henri schon immer aus Prinzip, wie um sich an ihm zu rächen, stahl.

Anfangs, vor sehr langer Zeit, als Marie noch ganz klein war, nahm er winzige Beträge aus der Kasse, fünf Francs, zehn Francs, um Süßigkeiten, ein Spielzeug, ein Geschenk zum Namenstag oder zum Geburtstag mitzubringen.

Es ging ganz einfach. Das Geld floß in Strömen in die Firma, er brauchte nur hineinzugreifen.

Eines Abends, als er das Licht schon ausgemacht hatte, griff er aus Versehen einen Tausendfrancschein. Er versteckte ihn, denn er konnte gar nicht alles auf einmal ausgeben. Und wozu sollte er das Geld auch ausgeben?

Daraus war eine Gewohnheit, eine Manie geworden. Da er den Dachboden als Dunkelkammer für seine Fotos benutzte, versteckte er dort auch sein Geld, von dem er sich immer einen Vorrat hielt, so wie junge Hunde, die unter ihrem Stroh Knochen und Brotkanten verstecken.

Das hatte er sein ganzes Leben lang ohne besonderes Ziel gemacht. Langsam aber sicher war so ein Schatz von etwa dreißigtausend Francs angewachsen. Er hätte es gern Marie geschickt und dies sicher auch getan, wenn er ihre Adresse gewußt hätte.

Als Henri einmal an der Börse Effekten und Obligationen gekauft und ihn damit beauftragt hatte, sie bei der Bank zu deponieren, hatte er eine Obligation für sich behalten.

Und diese Obligation hatte dann bei der Ziehung

plötzlich fünfhunderttausend Francs gebracht. Das hatte Charles aus den Wirtschaftsblättern entnommen, die bei Dionnet ins Haus kamen.

Ob sein Schwager über seine Wertpapiere Buch führte? Ob er außer der Liste, die Charles ihm aufgestellt hatte noch eine andere besaß?

Das also hatte ihn an einem Winterabend in einen fieberhaften Zustand versetzt. Mit einem Schlag dachte er nicht mehr an seine mit dem Lineal und mit Farbtinte geschriebenen Briefchen.

Er besaß fünfhunderttausend Francs! Er hatte sie bei einer Bank abgehoben. Er hatte sie nach Hause gebracht. Nach zwanzig Jahren konnte er das ganze Leben zu Hause wie mit einem Zauberstab von Grund auf verändern! Laurence sprach über die Gasrechnung. Lulu probierte Bauernfrauen Schuhe an! Mauricette schlief mit ihrem Chef, um in Nachtlokalen essen zu können und einen Pelzmantel geschenkt zu bekommen, den sie nur heimlich tragen konnte!

Und er besaß fünfhunderttausend Francs! Die Straßen waren dunkel, verregnet, mit spiegelndem Pflaster, die Leute liefen von einem Geschäft ins andere, und er konnte kaufen, was er wollte!

Er hatte sich Essensvorräte gekauft! Um sich auf seinem Dachboden einzuschließen! Um in Ruhe nachzudenken!

Und er hörte seine Töchter, er hörte Laurence, er erriet ihre Überlegungen, die er undeutlich durch den Kamin vernahm! Er hörte am Sonntag die Familienversammlung und die Stimme Pauls, der sich wie der Unglücksprophet der Familie aufführte.

Er hatte Zeit. Er wollte sich nicht unter Druck setzen lassen. Er hatte jetzt Macht, mehr Macht sogar noch als Dionnet!

Was machte es da schon, wenn die unten ihn für verrückt hielten. Er hörte hin und wieder Laurences nervöses Lachen und wußte genau, was sie dachte!

Nur ging dann alles genau wie mit der Geschichte von Camille und ihrem Verlobten viel zu schnell. Man ließ ihn seine Lage nicht genießen.

Henri bekam ein Telegramm von Sylvie, die die Geduld verloren hatte:

Erwarte dringend Antwort, unternehme sonst Schritte.
Sylvie.

Mit einem Schlag verstand Henri alles. Hatte er diesen Charles, der sich wie ein knabberndes Mäuschen verhielt, je verdächtigt? Jetzt war alles klar! Er kam angelaufen. Er schickte Paul und Laurence weg. Er brauchte um jeden Preis Frieden, Sicherheit.

Davon war er ganz krank geworden. Das war er immer noch. Man merkte ihm an, daß ihm nicht wohl war in seiner Haut. Er hielt es nirgends aus. Er schlich herum. Und zum erstenmal in seinem Leben durchquerte er zehnmal hintereinander die Lagerhallen, ohne auch nur eine einzige unangenehme Bemerkung zu machen!

Sollte Charles erklären: »Sie bieten mir ...«

Nein! Er konnte ihn jetzt ja duzen: »Du bietest mir Geld, damit ich schweige. Aber ich habe mich ja schon selber bedient. Eine Obligation, die ich dir gestohlen habe, hat bei der Ziehung fünfhunderttausend Francs erbracht...«

Das würde Henri wieder krank machen, wenn auch weniger! Die Vorstellung, daß eine seiner Obligationen... fünfhunderttausend Francs... Die Vorstellung, daß man ihn, den gerissenen Dieb, hatte bestehlen können, ohne daß er es bemerkt hatte...

Das würde ihn krank machen, aber auf eine andere Weise! Ihn doch auch erleichtern! Er würde wieder Persönlichkeit gewinnen! Er würde wieder gefestigt und selbstsicher als Chef auftreten.

Bestimmt würde er verlangen, daß Charles ging. Es ist nicht angenehm, täglich mit einem Menschen zusammen zu sein, der zuviel weiß, der so unangenehme Geheimnisse kennt!

Also dann?

Das war eben das Problem. Was sollte aus Charles werden, selbst wenn er die fünfhunderttausend Francs besaß? Würde dann keiner mehr zusammenzucken, sobald er seinen Schlüssel ins Schloß steckte, würden seine Töchter nicht mehr mit Singen oder Zanken aufhören? Würde sich Laurence auch in seiner Gegenwart so wohl fühlen wie in jener Pauls oder Célines? Würde Lulu...

Daran würde sich gar nichts ändern! Das war der Schluß, zu dem er kam! Vielleicht wäre man nur in einem etwas bequemeren Haus, in dem die Familie aber sofort wieder ihre Unordnung verbreiten würde. Mauricette bräuchte ihren Grafen nicht mehr, dafür würde sie sich aber etwas anderes suchen. Marie würde sowieso nicht zurückkommen.

Bestenfalls würde man Paul mit seiner Pfeife und den dunklen Kleidern nicht mehr am Ofen sitzen sehen, denn er sagte immer, daß er Reiche nicht riechen konnte.

Das galt für Laurence genauso, auch für Céline und die ganze Familie. Selbst für Charles. Er hatte sich in Dionnets Wohnung nie wohl gefühlt, wenn er ausnahmsweise einmal hinaufgebeten worden war.

Also dann?

Er sagte nichts. Er ließ sich nichts anmerken. Er verrichtete seine Arbeit gewissenhaft wie immer, weil er so veranlagt war und es ihm Spaß machte. Er bestahl Henri, aber er hätte drei Nächte durchgearbeitet, um den Fehler zu finden, wenn er sich auch nur um zwei Francs verrechnet hätte. Er haßte ihn, aber die Vorstellung, nicht mehr in seinem Glaskäfig sitzen zu können, schmerzte ihn. Morgens lauerte er auf Dionnet, während dieser sich noch in den Lagerhallen aufhielt und zögerte, das Büro zu betreten, was er dann nur unter irgendeinem Vorwand tat und den Augenblick abwartete, Charles einen kurzen ängstlichen Blick zuwerfen zu können.

Charles hätte ihm in die Augen sehen, ihn angrinsen, eine Zigarette anzünden können, obwohl er nicht rauchte, und ihm den Rauch ins Gesicht blasen oder auch seine Füße auf den Schreibtisch legen können. Er hatte daran gedacht. Er hatte sich alle Möglichkeiten überlegt, die sich ihm boten. Gerade um sich diese Perspektiven auszumalen, hatte er sich ja mehrere Tage auf seinem Dachboden eingeschlossen.

Aber am Schluß begnügte er sich damit, respektvoll zu murmeln:

»Guten Tag, Henri ...«

Und dann über einen Kaffeekauf oder einen insolventen Kunden zu reden. Ganz ergeben! Eben gerade mit jener Ergebenheit, die Dionnet außer sich brachte.

Was hätte Dionnet ihm bieten können, damit er für alle Zeit verschwand? Hunderttausend? Zweihunderttausend? Er war schließlich ein Mann, der alles regeln wollte.

Und danach?

Danach wäre alles vorbei. Dann würde das Leben so weitergehen wie früher, nur mit etwas mehr Geld. Wie Laurence richtig sagte, waren zwei schon fast aus dem Haus. Am nächsten Tag würde der Verlobte zu ihnen kommen. Danach wären nur noch Mauricette und Lulu da ...

Und danach?

Es hätte ihm gefallen, wenn es noch kälter gewesen wäre. Er hatte es gern, wenn im Winter Eisschollen auf der Seine trieben, wenn im Sommer die Ernte versengte, wenn Unwetter Schäden anrichteten, denn dann fühlte er sich in seinem Glaskäfig erst so richtig geschützt.

Henri magerte ab! Er wurde geradezu menschlich! Es kam sogar vor, daß er mit einer Stimme sprach, die man fast sanft hätte nennen können, aber sie war nur gedämpft, weil er fürchtete, seinen inneren Zorn zu wecken.

»Was ist denn das?« hatte er gefragt und auf die zwei Taschentücher Mademoiselle Thérèses gedeutet, die am Gasofen trockneten.

»Taschentücher!« hatte Charles geantwortet.

Man sah genau, daß das Damentaschentücher waren. Früher hätte Dionnet losgedonnert und gedroht, die Schuldige vor die Tür zu setzen.

Aber nein! Er hatte die Finger in die Westentasche gesteckt und sich entfernt, und zwischen dieser Weste und seinem Bauch war jetzt Luft.

Charles würde nichts zu ihm sagen. Das war das Beste. Er mochte Camille nicht besonders gern, sie war eine typische Babin und schon dick und schlaff wie ihre Mutter und ihre Tanten. Aber er würde ihr ohne etwas zu sagen nach Kairo einen kleinen Betrag schicken, zwanzig- oder dreißigtausend Francs, und keiner würde wissen, woher die kamen. Das wäre viel lustiger!

Alles übrige hatte Zeit. Er machte sich einen Spaß daraus, zehn Minuten zu spät ins Büro zu kommen und fünf Minuten früher zu gehen. Mademoiselle Thérèse war entsetzt.

Sie blickte ängstlich auf ihre Uhr, weil sie sicher war, daß irgend etwas nicht stimmte.

Wer würde am folgenden Tag zu der Verlobung erscheinen? Und war es nicht geradezu komisch, daß ausgerechnet Camille wegging, die einzige Tochter, die gern dageblieben wäre und in Pantoffeln herumgetrödelt hätte, einmal in der Woche ihre Großmutter bei sich und umgeben von ihren Tanten ihr Kind bekommen hätte und dann mit dem Kinderwagen reihum Besuche gemacht hätte?

Sie würde in Ägypten leben!

Sie weinte vor Freude und vor Verzweiflung darüber! Sie nähte von morgens bis abends. Sie hatte ihre Stellung bei der Korsettfirma aufgegeben und schien ihre Eltern und Schwestern um Verzeihung zu bitten, weil sie nichts mehr zum Unterhalt beitrug, dabei lagen oben auf dem Büffet der Dachkammer vierhundertfünfundneunzigtausend Francs!

Auch Lulu verbrachte ihre Abende mit Nähen.

»Gehst du nicht ins Kino?« wunderte sich ihre Mutter.

»Was soll ich denn im Kino?«

Dann machte sie den ganzen Abend den Mund nicht mehr auf oder höchstens, um das Maßband, die Schere oder Faden einer bestimmten Farbe zu verlangen.

9

Später machten sie sich Vorwürfe, vor allem Laurence, diese Wochen nicht voll ausgelebt zu haben, daß sie sie in Erwartungshaltung, voller Unruhe, Sorgen und schlechtgelaunt ungenutzt hatten verstreichen lassen. Aber was sollte man auch machen, wenn sich alles gegen einen richtete.

Zuerst das Wetter. Charles, der denkwürdige Ereignisse so gern hatte, hätte zufrieden sein müssen. In den Zeitungen ging man bis zur Mitte des vergangenen Jahrhunderts zurück, um ein vergleichbares Jahr zu finden. Drei, vier Tage lang goß es in Strömen, pausenlos, ohne daß man auch nur einen Moment fand, um schnell hinauszulaufen, sei es auch nur zu Madame Josse, und eines Morgens sah man dann beim Erwachen einen fahlen Himmel und Leute, die auf der Straße einen Veitstanz aufzuführen schienen, dabei versuchten sie ganz einfach, über das Glatteis zu laufen.

Der Sonntag war ein Regentag, zeitweilig war das Trommeln auf das Glasdach der Küche so heftig, daß man sein eigenes Wort nicht mehr verstand. Man hatte im Eßzimmer den Kaffeetisch gedeckt; in der Küche war noch ein anderer Tisch für die Kinder gedeckt. Céline hatte die ihren mitgebracht, die jetzt auf der Treppe herumtollten, die arme Céline, der das peinlich war, versuchte vergeblich, sie zur Ruhe zu ermahnen.

Der Verlobte hieß Hugon, Pierre Hugon, und saß die ganze Zeit neben Camille, ein wenig hinter Camille. Vielleicht war er ganz benommen davon, daß er hier von so viel Leuten umgeben war? Camille hatte ihm wohl einiges über ihre Familie erzählt, aber jedesmal wenn es klingelte, mußte er sich ja fragen, ob wohl noch viele kämen.

Arthur, der mit seinem Lieferwagen gekommen war, wollte unbedingt, daß alle ihn trotz des Regens, trotz des Windes, der die Plane wie Rabenflügel hob, ausprobierten.

Und Paul schien den Neuen im Namen der ganzen Familie einer Art Prüfung zu unterziehen. Hugon bewies Geduld. Er antwortete ruhig und genau, fühlte sich aber dennoch etwas peinlich berührt davon, daß Paul das Familienoberhaupt war und sich keiner um Charles Dupeux zu kümmern schien.

Übrigens wäre es dann noch fast schiefgelaufen. Als man auf die Zeremonie zu sprechen kam, hatte Hugon gesagt:

»Morgen muß ich mal unseren Gemeindepfarrer aufsuchen ...«

Alle fühlten das Gewitter kommen. Sie wagten nicht einmal, Paul anzusehen, der ein wütender Kirchenfeind war, genau wie sein Vater, der sich immer damit brüstete, daß er keines seiner Kinder hatte taufen lassen:

»Entschuldigen Sie ... Sagen Sie bloß, sie wollen in der Kirche heiraten! ... Ja sind Sie denn katholisch?«

»Ich persönlich bin nicht religiös. Aber meine Mutter wäre sehr unglücklich, wenn ihr einziger Sohn nicht in der Kirche heiratete.«

»Laß ihn doch, Paul!« versuchte Laurence einzugreifen.

Paul schwieg, aber nur, um eine Viertelstunde später wieder davon anzufangen. Man hätte nicht unbedingt sagen können, daß der Nachmittag schiefgelaufen war, aber irgendwie peinlich war es doch.

Und dann am nächsten Tag schon ... Ja, in der Nacht von Montag auf Dienstag ... Das Wetter hatte umgeschlagen. Es war nicht mehr finster, sondern alles war weiß geworden, man bekam die Küche wegen dieser idiotischen Verglasung, die Laurence zur Verzweiflung trieb, schon gar nicht mehr warm.

Mitten in der Nacht hatte man plötzlich einen durchdringenden Schrei gehört. Dann war die Schlafzimmertür der Eltern aufgegangen. Sie hatten Lulu barfuß, mit zerzausten Haaren im Schlafanzug hereinkommen sehen. Sie wirkte wie eine Wahnsinnige oder eine Schlafwandlerin.

»Feuer ... Feuer!« sagte sie immer wieder.

»Charles!« rief Laurence und schüttelte ihren Mann. Camille kam auch angelaufen, sie war ruhiger.

»Es ist gegenüber ...«, sagte sie.

Dann waren alle auf, nur Lulu wirkte nicht richtig wach. Von ihrem Zimmer aus sah man ganz in der Nähe den roten Himmel und hörte Leute auf der Straße herumlaufen, dann das abgehackte Alarmsignal der Feuerwehr.

»Zieht euch was an, Kinder!« mahnte Laurence. »Sonst erkältet ihr euch noch alle. Camille! Gib doch deiner Schwester etwas zu trinken. Sie ist ja weiß wie die Wand ...«

Zum ersten Mal merkte man, wie nervös Lulu war oder wie sehr sie auch noch Kind war. Sie hatte wahrscheinlich plötzlich die Augen aufgerissen und dann den Widerschein der Flammen an der Decke ihres Zimmers gesehen. Noch jetzt zitterte sie. Der Boden unter ihren nackten Füßen war eiskalt. Mauricette hüllte sich in eine Decke.

Das Feuer war bei dem Tischler Martin ausgebrochen, dessen Werkstatt genau hinter den Häusern gegenüber lag. Und man sah die Bewohner dieser Häuser in den Zimmern herumlaufen, um ihre wertvollsten Sachen zusammenzusuchen und auf die Straße zu tragen.

Es konnte keine Rede davon sein, wieder ins Bett zu gehen. Es kamen noch mehr Feuerwehrleute. Am besten war es, sie zogen sich an. Mauricette machte das als erste und ging hinaus. Keiner hatte daran gedacht, auf die Uhr zu sehen, so waren alle sehr erstaunt, als bald schon fahler Lichtschein am Himmel auftauchte.

Feuerzungen leckten an der Fassade, Nachbarn halfen dem armen Martin zu retten, was noch zu retten war. Man konnte seine riesige Gestalt mit den grauen Haaren und der langen Nase erkennen. Es hieß bereits, daß er nicht versichert war. Er hatte sich erst vor knapp zwei Jahren selbständig gemacht, nachdem er sein Leben lang bei anderen gearbeitet hatte.

Sie kochten Kaffee. Lulu ging an jenem Morgen nicht ins Geschäft. Alle waren müde und sahen schlecht aus. Gegen zehn rollten die Feuerwehrleute ihre Schläuche ein, und die Straße gewann wieder ihr normales Aussehen zurück, aber es geschah etwas Unvorhergesehenes: In der ganzen Straße gab es kein Wasser. Wahrscheinlich wegen der Kälte war ein großes Wasserrohr geplatzt, und es hieß, daß die Straße aufgegraben werden müsse, um es zu reparieren. Ein Polizist klingelte an allen Türen, um anzukündigen, daß die Bewohner in der Zwischenzeit an der Eisenbahnlinie, kaum fünfzig Meter vom Bahnübergang entfernt, Wasser holen konnten.

Ein Unglück geschieht immer auf ganz dumme Weise. Laurence machte sich mit zwei Eimern auf den Weg. Es war ihr Waschtag. Sie hatte ihre Holzschuhe an. Genau an der Straßenecke war eine große Eisfläche. Laurence rutschte aus und war hoch erstaunt, daß sie nicht mehr aufstehen konnte.

Camille war beim Nähen. Sie fuhr zusammen, als es klingelte, sie machte auf und sah ihre Mutter in Begleitung zweier Unbekannter und einer Nachbarin, die sie herbegleitet hatten.

Sie hatte nur eine Verstauchung, aber sie hatte durch den Sturz und wahrscheinlich auch durch die Kälte einen solchen Schock erlitten, daß es eine ganze Weile dauerte, bis sie wieder zu sich kam.

So war Laurence ausgerechnet jetzt, da nur noch knapp drei Wochen für die Vorbereitung der Aussteuer Camilles und der Hochzeitsfeierlichkeiten blieben, zum Stilliegen verurteilt!

Jede Tochter brauchte ein Kleid. Man rief die Schneiderin, Mademoiselle Chantraine, die einen unangenehmen Körpergeruch hatte und um nichts in der Welt selber die Hand nach einem Gegenstand ausgestreckt hätte. Man mußte ihr alles reichen, sie von morgens bis abends bedienen.

Laurence saß in dem Korbsessel und hatte ihr verletztes Bein auf einen Stuhl gelegt.

Zu allem stand auch noch das Jahresende bevor. Die ganze Stadt war im Fieber. Die Geschäfte hatten ihre Auslagen für die Festtage vorbereitet. Nachmittags, vor allem gegen fünf, kam man auf den allzu schmalen Gehsteigen kaum mehr voran, an den eiskalten Tagen gab es da ebenso viele Leute wie als es schüttete.

Bei Dionnet hatte es eine schreckliche Szene gegeben. Martine wollte mit zwei anderen jungen Mädchen und drei jungen Männern, von denen zwei Engländer waren, zum Wintersport. Sie hatten vor, in einer Hütte im Hochgebirge zu kampieren, und Martine hatte bereits einen Anzug und die ganze Ausrüstung gekauft.

»Entweder dein Bruder begleitet dich, oder du gehst nicht!« entschied Henri, der seiner Tochter zeitweilig völlige Freiheit ließ und sich dann aber wieder streng zeigte.

Aber Albert konnte sie nicht begleiten.

»Dann gehst du eben ein anderes Mal...«

»Und ich sage dir, daß ich gehe!« sagte Martine vollkommen ruhig. »Ich bin groß genug, um selber zu wissen, was ich zu tun habe. Du kannst ja versuchen, mich einzuschließen, wie Mama. Dann steige ich durchs Fenster.«

Er hatte gedacht, daß sie nicht gehen würde, aber sie war gegangen, und man mußte sich schon auch fragen, mit welchem Geld eigentlich.

Élise nahm das zum Anlaß, eine Novene anzufangen,

und in dieser Jahreszeit nahm einen das Geschäft am stärksten in Anspruch.

Wie hätte man da noch Zeit haben sollen, sich um einander zu kümmern? Jeden Abend Punkt acht klingelte Hugon, der seine Stenografiekurse bereits aufgegeben hatte, an der Tür. Er schien sich ewig für irgend etwas entschuldigen zu wollen. Jeden Abend brachte er Bonbons mit, die er diskret auf eine Tischecke legte, dann setzte er sich, nachdem er alle gegrüßt hatte, leicht nach hinten gerückt neben Camille, die nähte.

Er war fast allzu sanft, allzu wohlerzogen. Er widersprach nie. Wenn Laurence etwas brauchte, stürzte er gleich los, und während der vier Tage, da sie kein Wasser hatten, ging immer er an die Eisenbahnlinie, um die Eimer zu füllen.

Mauricette ging mal aus und mal nicht. Man achtete nicht darauf. Eine Woche verging, ohne daß man es bemerkte.

Sie mußten eine Putzfrau für das Reinemachen am Samstag einstellen, Paul schaute manchmal vormittags herein und setzte sich in die Küche, aber er sagte kaum etwas.

Charles, der sich nie viel um das Haus gekümmert hatte, kümmerte sich jetzt überhaupt nicht mehr darum. Er spielte immer noch sein faszinierendes Spiel. Er belauerte seinen Schwager Henri, mit dem es immer noch nicht zu einer Klärung gekommen war.

Ob sie beide überhaupt je eine Klärung herbeiführen würden? Henri wurde wieder rundlicher. Er hatte vielleicht nicht zugenommen, aber die breitschultrige Selbstsicherheit des Chefs wiedergewonnen. Er hatte

Mademoiselle Thérèse eine Szene gemacht, weil sie immer noch ihre Taschentücher am Gasofen zum Trocknen aufhängte und ihr, die doch schon zwanzig Jahre bei der Firma war, sogar mit Kündigung gedroht.

Seither konnte man nie genau wissen, ob sie sich schneuzte, weil sie erkältet war oder weil sie weinte.

Zehnmal am Tag, zwanzigmal kam Henri ins Büro, und jedesmal ging das gleiche Spiel los. Charles hob seinen Kopf nicht. Henri hüstelte, steckte seine Zigarre wieder an, denn er nahm den Rat seines Arztes jetzt nicht mehr so ernst. Aber wenn er dann den Mund aufmachte, verlangte er immer nur irgendeine beliebige Auskunft.

Er wagte es nicht! Dabei besaß Charles ja kein Prestige, er war nicht groß, eher schwächlich, unscheinbar und schlecht gekleidet!

Manchmal fühlte Charles einen kleinen Schauder im Rücken, denn er dachte: »Warum sollte er nicht versuchen, mich umzubringen?«

Denn im Grunde war er der einzige, der seinen Schwager daran hinderte, sein Vermögen und seine erworbene Position zu genießen! Und solange es ihn gab ...

Vor allem, daß er so unterwürfig und ergeben, so ganz der kleine Angestellte und arme Verwandte war, machte die Sache schrecklich.

Er senkte mit Absicht den Blick, zog die Schultern ein und sprach in demütigem Ton.

Später, nach Camilles Hochzeit, würde er gewiß eine Entscheidung treffen. Denn jetzt hieß es immer bei allem »nach Camilles Hochzeit«, als wäre diese ein für ihr aller ganzes Leben einschneidendes Ereignis.

Der Brief traf ein, als Laurence schon wieder gehen konnte, allerdings nur im Haus, denn Schuhe konnte sie noch nicht anziehen. Es war Lulu, die ihn ihrer Schwester aushändigte, an die er adressiert war. Und Camille, die zunächst zögerte, ihn aufzumachen, rief dann aus:

»Er ist von Marie!«

Das war morgens. Charles war noch nicht weg. Camille mußte laut vorlesen:

Liebe Schwester,
ich erfahre aus der ›Gazette de Rouen‹, daß Du heiratest, und ich möchte Dir als eine der ersten gratulieren und Dir alles Gute wünschen. Irgendwie hatte ich ein Vorgefühl. Jedesmal, wenn ich die ›Gazette de Rouen‹ in die Hand bekomme, was selten geschieht, lese ich aufmerksam die standesamtlichen Nachrichten, und da habe ich gestern Deinen Namen gesehen.

Ich nehme an, daß Du glücklich bist und die ganze Familie sich mit Dir freut.

Ich selber bin ganz zufrieden. Seit sechs Monaten bin ich mit meinem Freund hier im Wald von Orléans, wo wir ein kleines Gasthaus führen. Mein Freund war früher Koch im ›Ritz‹. Er ist ein sehr anständiger Junge. Er liebt mich sehr und hat mich nur deshalb noch nicht geheiratet, weil seine erste Frau alles tut, um die Scheidung zu verhindern. Macht nichts, wenn auch die Eltern diesen Brief lesen. Sie werden sich wieder so einiges denken!

Charles (er heißt Charles wie Vater) hatte ein bißchen Ersparnisse. Wir haben fünfzigtausend Francs geliehen, um die Gaststätte zu kaufen, und haben schon sehr angenehme Gäste, vor allem zur Jagdzeit, alles Bankiers und Geschäftsleute.

Das bedeutet viel Arbeit, aber eine Arbeit, die mir gefällt, vor allem, weil man den ganzen Tag interessante Leute sieht.

Wenn Du trotz Heirat und dem ganzen Durcheinander, das jetzt deswegen gewiß zu Hause herrscht, einen Moment Zeit findest, schreib mir kurz ein paar Einzelheiten. Was ist aus Lulu geworden? Ist sie immer noch so mager und Mauricette so stolz? Mama hat sich, wie ich sie kenne, ja wohl kaum verändert. Arbeitet Vater immer noch bei Onkel Henri?

Ich denke oft an Euch alle, und in Erwartung Deiner Nachrichten umarme ich Dich herzlich.

Marie

Laurence brach in Gelächter aus.

»Da führt sie also jetzt eine Gaststätte«, rief sie aus.

Dann schien sie den ganzen Vormittag unentwegt Selbstgespräche zu führen. Als Paul kam und sich wie gewöhnlich in die Küche setzte, konnte sie sich nicht enthalten zu sagen:

»Kannst du dich an das erinnern, was du mir über Mama erzählt hast?«

»Was meinst du?«

»Vor ihrer Heirat... Was sie da gemacht hat...«

Sie warf einen Blick auf ihre Tochter, die an der Maschine nähte, und nutzte die Gelegenheit, daß das

Geräusch ihre Stimme überdeckte, um ihrem Bruder mitzuteilen:

»Marie macht das gleiche... Aber auf eigene Rechnung... Lies ihren Brief... Camille!... Wo hast du Maries Brief?«

In der letzten Woche kam dann noch eine neue Sorge hinzu. Laurence wollte unbedingt, daß auch Henri zur Hochzeit kam, aber dazu mußte man zuerst Paul überreden, sich an einen Tisch mit seinem Schwager zu setzen.

»Aber du brauchst ja überhaupt nicht mit ihm zu reden! Wir sind so viele, daß ihr euch gar nicht zu sehen bekommt... Was kann es dir schon ausmachen, wenn auch er da ist?... Du beachtest ihn einfach nicht.«

Paul schüttelte stumm den Kopf, ließ sich lange bitten. Laurence beauftragte Céline, im selben Sinne auf ihn einzuwirken.

Und dann schlug in der letzten Woche, als noch nichts fertig war und man alles noch vorbereiten mußte, als dieser alte Drachen von einer Schneiderin den ganzen Tag im Haus saß und man nicht frei reden konnte, weil sie bösartig war und hinterher alles herumerzählte, eine Nachricht wie eine Bombe ein.

Nur Bobinec konnte so bei den Leuten hereinplatzen und theatralisch, mit schmetternder Stimme und ohne Rücksicht auf fremde Ohren verkünden:

»Rate mal, wo Arthur ist...«

Man konnte nicht wissen, ob er eine gute oder eine schlechte Nachricht brachte, denn wenn er tragisch sein wollte, wirkte er komisch, und wenn er komisch sein wollte, war es ein Trauerspiel.

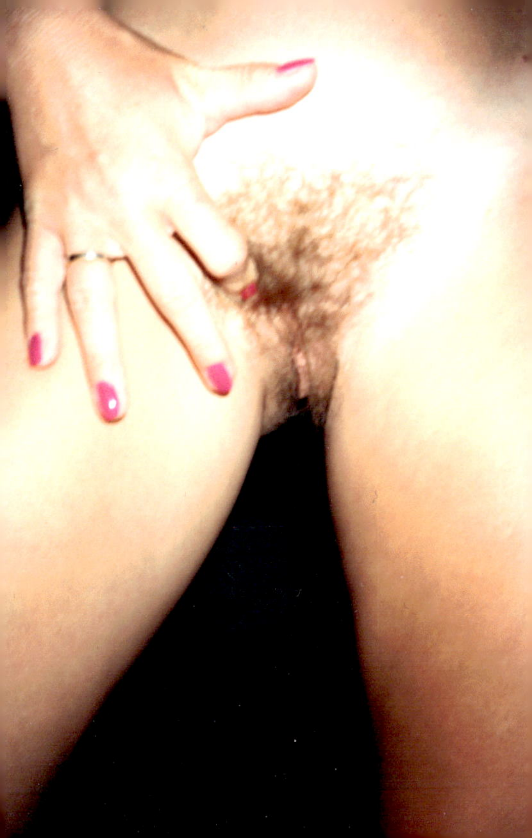

Okt. 1991

»Woher soll ich das wissen?«

Darauf er mit großartiger Gebärde:

»Im Gefängnis!«

Es stimmte! Arthur war seit dem Vorabend im Gefängnis. Die Polizei hatte ihn zu Hause abgeholt, als er gerade beim Abendessen war. Er hatte sofort verstanden, während seine arme Frau, die keine Ahnung hatte, die Nerven verlor.

»Paul ist beim Untersuchungsrichter...«, erklärte Bobinec. »Wir müssen Arthur unbedingt da rausholen...«

Er hatte am Morgen mit seinem Lieferwagen, den Charles ja bezahlt hatte, in einem Dorf ein Kind überfahren. Arthur war in Panik geraten. Statt anzuhalten und sich um sein Opfer zu kümmern, hatte er wie wild Gas gegeben, ohne zu ahnen, daß eine Frau von ihrer Tür aus seine Nummer aufgeschrieben hatte.

Erst nach seiner Verhaftung vor dem Richter erfuhr er, daß das Kind tot war. Bis dahin hatte er keinem etwas gesagt. Er war den ganzen Tag von einer Kneipe in die andere gezogen.

»Meinst du nicht, daß Henri mit seinen Beziehungen etwas ausrichten könnte?«

Laurence, deren Verstauchung geheilt war, lief zu Henri. Sie ging zuerst hinauf, um ihre Schwester zu besuchen, aber diese beschimpfte sie durch die Tür und schrie, daß sie genug von ihrer bettelnden Familie habe.

Sie ging ins Büro hinunter und sah Charles über das Hauptbuch gebeugt.

»Arthur ist im Gefängnis!« sagte sie.

Darauf er, als wäre dies ganz natürlich:

»Soso!«

»Er hat mit seinem Lieferwagen ein Kind überfahren... Ist Henri nicht da?«

Sie entdeckte ihn bei den Fuhrwerken, die gerade beladen wurden, und fing zu weinen an, als sie sich ihm näherte.

»Hör mal, Henri, du mußt unbedingt etwas unternehmen... Vier Tage vor Camilles Hochzeit!... Arthur ist im Gefängnis... Er hat...«

Henri rief einen ihm bekannten Richter an, dessen Tochter eine Freundin Martines war. Der Richter antwortete, daß nichts zu machen sei.

Paul lachte verbittert, als sie es ihm erzählte:

»Wenn es sich um einen reichen Mann wie deinen Schwager handelte, würde man ihm vorläufig Haftentlassung gewähren... Aber da er ein armer Teufel ist, der seinen Lebensunterhalt verdienen und seine Familie ernähren muß...«

»Versprich mir, daß du am Samstag kommst, Paul...«

Er weigerte sich, irgend etwas zu versprechen. Er sagte weder ja noch nein.

»Diese Leute stoßen mich ab!«

Und Hugon bewahrte bei all dem seine Ruhe und sein freundliches Wesen, er kam jeden Abend und setzte sich immer auf den gleichen Platz, wo er manchmal auch eine ganze Stunde lang kein Wort redete, wenn man ihn nichts fragte.

»Nach der Hochzeit sollten wir uns um Lulu kümmern«, meinte Laurence vielleicht zwei Tage vor der

Feier. Seit dem Brand war sie verändert. Als hätte sie sich noch immer nicht von dem Schock erholt…

Das war die einzige Bemerkung zu diesem Thema. Man hatte allzuviel zu bedenken.

Und dann, als man glaubte, noch Zeit zu haben, war plötzlich der Tag, die Stunde da. Die ganze Familie mußte sich ankleiden, bei offenen Türen riefen sie sich gegenseitig zu Hilfe, hier fehlte noch ein Stich, dort ein Haken.

Als dann das Auto vor der Tür hielt, fing Laurence grundlos zu weinen an. Plötzlich weinte Camille noch viel mehr als sie, so daß sie beide dann mit roten Augen ins Auto stiegen.

Es war ein kalter Tag. Die Seiden- oder Satinkleider waren leicht, man hätte Pelzmäntel gebraucht. Nur Mauricette trug den ihren. Sie behauptete, ihn von einer Freundin geliehen zu haben.

Madame Hugon, die Mutter, war gebrechlich und konnte nicht kommen. Sie wohnte am Pariser Stadtrand. Hugon hatte als Trauzeugen einen Buchhaltungslehrer gewählt, der im Smoking kam und sich beim Rasieren geschnitten hatte. Für Camille war Paul Trauzeuge, der sich allerdings geweigert hatte, irgend etwas an seiner Aufmachung zu ändern.

Es war Samstag. Auf den Straßen sah man Leute mit Skiern auf den Schultern und in Wintersportkleidung zum Bahnhof gehen. Élise hatte sich im letzten Augenblick mit verschwommenen Augen erhoben, und die beiden Dienstmädchen hatten ihr beim Ankleiden geholfen.

Pauls Tochter Berthe war gemeinsam mit Lulu, beide

in Blaßblau, Brautjungfer, und Berthe hatte wie durch Zufall seit zwei Tagen einen großen Aknepickel auf der Nase.

Am wenigsten auffällig war Charles. Man sah ihn nicht, obwohl er doch da war. Aus keinem besonderen Grund kümmerte sich niemand um ihn. Auf dem Standesamt war er mitten in eine andere Hochzeitsgesellschaft geraten und fand kaum mehr heraus.

Der Saal war eiskalt. Sie mußten lange warten. Vor ihnen gab es eine reiche Hochzeit mit einer ganzen Reihe von Autos. Henri und Paul gaben vor, sich gegenseitig nicht wahrzunehmen, aber durch einen boshaften Zufall standen sie immer wieder nebeneinander.

Clémence dachte nur an ihren Mann im Gefängnis und sprach mit allen darüber.

In der Kirche gab Paul deutlich zu verstehen, daß er mit dem ganzen Getue nichts gemein hatte, und setzte dann hinter seine Unterschrift im Register drei Freimaurer-Punkte.

Dann fanden sie sich im ›Restaurant Cardinal‹ zusammen, wo in verschiedenen Räumen drei Hochzeiten gleichzeitig gefeiert wurden. Das Rot der Langusten hob sich von den weißen Tischtüchern ab.

Schon um vier Uhr mußte das Brautpaar den Zug nach Paris nehmen, von wo sie, nachdem sie sich von Hugons Mutter verabschiedet hatten, am nächsten Morgen nach Marseille weiterfahren sollten, um sich dort einzuschiffen.

Camille sah ihre Mutter, ihre Schwestern, ihre Tanten an, als wollte sie sich an ihnen festklammern, und

Bobinec las unter dem Tischtuch das Lied durch, das er für diese Gelegenheit komponiert hatte und beim Nachtisch vorsingen wollte.

Auch Charles hatte etwas vorbereitet. Die Idee war ihm am Vorabend in seinem Bett gekommen. Er hatte hundert Tausendfrancscheine in einen Umschlag gesteckt und diesen verborgen. Später, wenn das Brautpaar aufbrechen würde, wollte er Hugon den Umschlag aushändigen und ihm sagen: »Macht ihn erst in Kairo auf...«

Er dachte belustigt daran, während er Henri ansah. Er freute sich schon darauf, am übernächsten Tag, am Montag, wieder auf seinem Platz in dem Glaskäfig zu sitzen und zu sehen, wie Henri um ihn herumschlich...

Das Festmahl der anderen Hochzeitsgesellschaft hatte wohl schon früher begonnen, denn man hörte von dort Gesang und Monologe, als sie selber erst beim Käse waren. Bobinec wurde ungeduldig. Célines Kinder, die alle neue Kleider anhatten, saßen an einem kleinen Tisch, und man hatte die Wiege des Kleinsten, der noch gestillt werden mußte, auf zwei Stühle gestellt.

Sie hatten ein wenig Angst vor Paul. Sie wußten, daß er fähig war, plötzlich gegen Dionnet oder gegen die Reichen im allgemeinen oder gegen die Pfaffen loszuschimpfen, und Laurence warf ihm von Zeit zu Zeit einen flehentlichen Blick zu.

Der Fotograf brachte Abwechslung. Er war für alle drei Hochzeitsgesellschaften gekommen. Er wies jedem seinen Platz an, die Kinder sollten sich auf den

Boden setzen. Braut und Bräutigam auf Stühle und die anderen im Halbkreis um sie herum stehen.

»Wo ist Lulu?« fragte Berthe verwundert, denn es fehlte als Pendant die zweite Brautjungfer.

Man dachte, sie wäre vielleicht aufs Örtchen. Berthe ging nachsehen. Der Fotograf wurde ungeduldig.

Keine Lulu!

»Sie war wohl müde«, sagte ihre Mutter. »Seit dem Brand ist sie ganz verändert...«

»Sie wird doch nicht alleine nach Hause gegangen sein?«

Der Fotograf machte sich ans Werk, ohne weiter auf Lulu zu warten. Bobinec sang sein Lied unter Gejohle. Élise, die trotz der gebieterischen Blicke Henris getrunken hatte, schluchzte und erklärte, daß sie die beste Frau der Welt sei. Dann kam der Augenblick, da das Brautpaar aufbrechen mußte. Es wurde umarmt. Man umarmte zweimal dieselbe Tante und vergaß dafür eine andere. Der Saal, der vorher überheizt gewesen war, war jetzt eiskalt, weil man eine Tür offengelassen hatte.

Zigarren wurden herumgereicht. Célines Kinder liefen durch das ganze Haus und machten sich einen Spaß daraus, über die Parkettböden der verschiedenen Säle, auch jener, in denen sich die anderen Hochzeitsgesellschaften befanden, wie über Eis zu schliddern.

Diese ganze Unordnung dauerte nicht erst ein paar Stunden, sondern nun schon seit Wochen an. Man wußte nicht mehr, wo einem der Kopf stand. Einer lief hinter dem andern her.

»Hoffen wir, daß Paul und Henri...«

Dabei sah man sie dann jeder mit einer Zigarre im

Mund am Fenster stehen und friedlich miteinander reden.

War Camille schon abgereist? Man suchte sie. Man suchte Hugon. Laurence stand unten neben dem mit weißen Blumen geschmückten Auto, das die beiden entführen würde.

Und es gab immer noch etwas zum Trinken. Bobinec nutzte die Gelegenheit aus. Seine Frau, die mit den Kindern beschäftigt war, konnte sich nicht auch noch um ihn kümmern. Wenn Bobinec betrunken war, ließ er sich nicht davon abhalten, derbe Lieder zu singen.

Ein Detail fiel Charles auf: das herablassende Lächeln seiner Tochter Mauricette, die diese Familienversammlung voller Verachtung beobachtete.

Man konnte nicht alle gleichzeitig im Blick behalten. Clémence, Arthurs Frau, ging als eine der ersten, weil sie einen Termin beim Rechtsanwalt hatte. Dann machte sich Henri auf, um Élise nach Hause zu bringen, bevor es zu spät war.

Die Leuchter brannten. Alle hätten jetzt gehen können, aber zur Verzweiflung der Aushilfskellner trödelten alle noch herum. Es gab nur noch Gebäck und kleine Reste in den Champagnerflaschen. Man trank aus dem erstbesten Glas. Die Atmosphäre war jetzt fast so gelockert wie sonntags in Laurences Küche, und man vergaß ganz, daß man zur Hochzeit festlich gekleidet war.

»Was hat er denn gesagt?« wurde Paul gefragt.

»Er hat mich als erster angesprochen ... Er hat gesagt, für den Fall, daß man für Arthur eine Kaution zahlen müßte, wäre er bereit, das zu tun ... Weil es für ihn und seine geschäftlichen Interessen schädlich sei, einen Schwager im Gefängnis zu haben... Ich habe gesagt...«

Ihre Mutter saß ganz allein noch immer auf ihrem Platz und wartete, während sie die ganze lebhafte Familie beobachtete, bis alles vorüber war.

»Mama, ist dir nicht kalt?« fragte Céline. »Du hättest einen Schal mitbringen sollen...«

»Mach dir meinetwegen keine Gedanken, Kind... Ihr habt schon genug mit euren eigenen Sorgen zu tun...«

Céline achtete nicht darauf. Ihr Baby weinte. Sie versuchte, ihre Familie um sich zu versammeln, aber es gelang ihr nicht, Bobinec loszueisen, der bei der Hochzeitsgesellschaft nebenan seine Lieder vortrug und unter großem Gelächter Beifall bekam.

»Mama...«, flehte Mauricette und zog ihre Mutter am Ärmel.

Es war Zeit. Sie mußten gehen.

»Ist dein Vater fertig?«

»Er wartet schon...«

»Ich komme...«

Dann waren sie ganz überrascht, daß sie in dem Auto, das sie hatten warten lassen, nur zu dritt saßen. Sie fühlten sich unbehaglich. Laurence hätte, wahrscheinlich, weil das bei Hochzeiten so üblich ist, am liebsten immer nur geweint.

Es war ein merkwürdiges Gefühl, im Auto vor dem Bahnübergang zu warten, wo man doch nur noch ein paar Schritte zu Fuß gehabt hätte. Madame Josse blickte hinter ihrem Schaufenster hervor. Mauricette stieg als erste aus und suchte den Schlüssel in ihrer Handtasche. Das Haus war eiskalt. Die Stimmen hallten merkwürdig wider.

Laurence wollte noch, bevor sie sich auszog, das Feuer in der Küche anzünden, aber sie stellte sich wegen der guten Kleider dabei so ungeschickt an, daß es nicht packte, so ergriff sie den Petroleumkanister und goß eine gute Portion hinein.

Der Petroleumgeruch verbreitete sich im ganzen Haus.

»Lulu! ...« rief Mauricette die Treppe hinauf. Dann hörte man Türen aufgehen und Mauricette weiter rufen:

»Lulu!«

Charles, der seinen Mantel an die Garderobe gehängt hatte, ging langsam die Treppe hinauf. Warum stieg er bis zum zweiten Stockwerk hinauf?

Er machte die Tür zu seiner Dachkammer auf. Dann folgte eine lange Stille.

»Mauricette!« rief er schließlich über das Treppengeländer gebeugt halblaut hinunter. »Komm einen Augenblick her ...«

Sie stieg hinauf und fragte dabei:

»Was ist denn los? ...«

Dann verstummte sie, weil sie ihren Vater leichenblaß und mit einem Finger auf den Lippen auf dem Treppenabsatz stehen sah.

»Pst! ...«

Dann sah sie es ... Eine lange blaßblaue Gestalt, ohne Brüste, ohne Hüften, die vom eisernen Gestänge der Dachluke herunterhing ... Einen Haufen blauen

Satins und zwei wie verkrümmte Füße quer über dem Boden...

»Bring es deiner Mutter vorsichtig bei... Sie soll nicht gleich heraufkommen...«

Charles war ruhig wie immer, leer wie immer, seine Augäpfel wirkten durchsichtig.

»Geh!«

Irgendwo in einer Autowerkstatt lag ein neunzehnjähriger Junge namens Georges unter einem Auto, auch er war blau gekleidet. Er zog den Kopf auf den Gehsteig hervor, um auf die Uhr zu sehen, denn die Arzttochter wartete an einer Straßenecke auf ihn und sah ihrerseits auf die Zeiger der großen elektrischen Uhr über dem Verkehrspolizisten.

Es war Wochenende und Jahresende. Die Geschäfte waren wegen der Feiertage auch am morgigen Sonntag offen. Leute kamen mit Paketen nach Hause, die sie hinter dem Rücken versteckten und in Schränke oder unter Betten schoben, um jemandem damit eine Überraschung zu bereiten.

Man hörte das Pfeifen von Zügen. Der Schrankenwärter hatte ein Kohlenbecken bekommen.

Laurence hatte sich den Fuß verstaucht. Arthur war ins Gefängnis gekommen. Henri und Paul hatten sich versöhnt, man hatte sie ja miteinander reden sehen. Camille war abgereist.

Sie hatten wohl bemerkt – Laurence nämlich –, daß Lulu blaß gewesen war, und sie wollten sich gleich nach der Hochzeit um sie kümmern.

Aber jetzt war Lulu tot.

Es war zu spät, um Camille und ihren Mann zurückzurufen. Ja, richtig, sie hatte einen Mann!

Marie hatte wohl an jenem Tag in ihrer Gaststätte keine Gelegenheit, die ›Gazette de Rouen‹ zu lesen. Sie vergaßen, sie zu informieren.

Und so versammelte sich die Familie vier Tage nach der Hochzeit zur Beerdigung und saß anschließend in der verglasten Küche zusammen, wobei Paul auch jetzt wieder wie das Familienoberhaupt wirkte und Charles ganz unbeachtet blieb.

Diesmal hatte es sintflutartig geregnet. Auf dem Friedhof hatte man das neue Revier, wo es bis jetzt nur wenige Grabsteine gab und der Lehmboden, in den der Sarg versenkt wurde, ganz glitschig war, kaum betreten können. Diesmal war wegen des Selbstmords kein Pfarrer dabei, so konnte Paul nichts sagen.

Als alle weg waren, gab es nur noch Mauricette im Haus. Mauricette, die...

Aber sie hatte es sich anders überlegt. Oder es lief mit ihrem Grafen nicht so, wie sie es sich vorgestellt hatte. Sie hatte an Marie geschrieben, und Marie hatte ihr geantwortet: »Wenn du willst...«

Mauricette hatte verkündet:

»Ich gehe zu Marie, um dort zu arbeiten...«

Sie war fähig, Marie ihren Freund auszuspannen. So war sie veranlagt. Sie interessierte sich immer nur für die Männer der anderen!

Charles hingegen war so ausgebrannt, daß man ihm plötzlich sein Alter ansah, achtundvierzig Jahre, und daß er gar nicht blond, sondern grau war. Man hatte immer gesagt: aschblond!

Laurence klagte über Rheuma und behauptete, daß es von dieser verdammten verglasten Küche käme, die im Sommer zu heiß und im Winter eiskalt war.

»*Meine lieben Eltern . . .*«, schrieb Camille.

Aus Kairo!

Arthur bekam sechs Monate Gefängnisstrafe. Sein Lieferwagen war gepfändet worden. Bobinec hatte über die andere Hochzeitsgesellschaft Gelegenheit gefunden, gegen Gage noch auf weiteren Hochzeiten zu singen und kümmerte sich jetzt immer weniger um seine Malerwerkstatt.

Als Martine zurückkehrte, brachte sie ihren künftigen Ehemann mit, den sie sich selber ausgesucht hatte, und sie bestimmte auch die Höhe ihrer Mitgift.

Charles ging weiterhin jeden Morgen an den Place du Vieux-Marché und setzte sich mit einer alten Jacke und dem grünen Augenschirm in den Glaskäfig.

Élise starb, und Martine verlangte ihren Erbanteil. Sie lebte irgendwo in Südengland und sprach jetzt mit englischem Akzent.

Albert ging, nachdem er bei einem Examen durchgefallen war, freiwillig zu den Wüstenreitern und schickte von Syrien aus Gedichte an avantgardistische Zeitschriften.

Das Haus am Place du Vieux-Marché, an dessen Stelle einst drei Häuser gestanden hatten, war fast leer.

Das Haus der Dupeux war leer, es gab nur noch Laurence und Charles.

Laurence saß morgens immer noch lange bei ihrer Schale Milchkaffee und las die Zeitung. Sie machte immer noch in Pantoffeln ihre Einkäufe in den Geschäften gleich nebenan und erstand für abends Wurstwaren bei Josse.

»Und was macht Ihre Tochter in Ägypten?« wurde sie von Zeit zu Zeit gefragt.

»Sie erwartet Familienzuwachs ... Leider ist sie so weit weg ...«

So weit weg, daß man sich nicht einmal vorstellen konnte, wie das Leben dort war. Aus den Fotos, die sie schickten und wo sie mitten im Winter weißgekleidet waren, konnte man sich kein Bild machen.

Charles veränderte sich mit dem Älterwerden von allen am wenigsten. Abends schrieb er immer lange Briefe an Camille und Marie.

»Grüß Mauricette von mir ...«

Aber sein wahres Leben spielte sich in seinem Büro, in seinem Glaskäfig, ab, wo er immer noch auf Henri wartete und nichts sagte, wo er stur nichts sagte, um seinen Schwager schmoren zu lassen und ihn langsam aber sicher zugrundezurichten.

Nieul-sur-Mer, 1939

Georges Simenon im Diogenes Verlag

● Romane

Drei große Romane
Der Mörder / Der große Bob / Drei Zimmer in Manhattan. Deutsch von Linde Birk und Lothar Baier. detebe 21596

Brief an meinen Richter
Roman. Deutsch von Hansjürgen Wille und Barbara Klau. detebe 20371

Der Schnee war schmutzig
Roman. Deutsch von Willi A. Koch
detebe 20372

Die grünen Fensterläden
Roman. Deutsch von Alfred Günther
detebe 20373

Im Falle eines Unfalls
Roman. Deutsch von Hansjürgen Wille und Barbara Klau. detebe 20374

Sonntag
Roman. Deutsch von Hansjürgen Wille und Barbara Klau. detebe 20375

Bellas Tod
Roman. Deutsch von Elisabeth Serelmann-Küchler. detebe 20376

Der Mann mit dem kleinen Hund
Roman. Deutsch von Stefanie Weiss
detebe 20377

Drei Zimmer in Manhattan
Roman. Deutsch von Linde Birk
detebe 20378

Die Großmutter
Roman. Deutsch von Linde Birk
detebe 20379

Der kleine Mann von Archangelsk
Roman. Deutsch von Alfred Kuoni
detebe 20584

Der große Bob
Roman. Deutsch von Linde Birk
detebe 20585

Die Wahrheit über Bébé Donge
Roman. Deutsch von Renate Nickel
detebe 20586

Tropenkoller
Roman. Deutsch von Annerose Melter
detebe 20673

Ankunft Allerheiligen
Roman. Deutsch von Eugen Helmlé
detebe 20674

Der Präsident
Roman. Deutsch von Renate Nickel
detebe 20675

Der kleine Heilige
Roman. Deutsch von Trude Fein
detebe 20676

Der Outlaw
Roman. Deutsch von Liselotte Julius
detebe 20677

Die Glocken von Bicêtre
Roman. Neu übersetzt von Angela von Hagen. detebe 20678

Der Verdächtige
Roman. Deutsch von Eugen Helmlé
detebe 20679

Die Verlobung des Monsieur Hire
Roman. Deutsch von Linde Birk
detebe 20681

Der Mörder
Roman. Deutsch von Lothar Baier
detebe 20682

Die Zeugen
Roman. Deutsch von Anneliese Botond
detebe 20683

Die Komplizen
Roman. Deutsch von Stefanie Weiss
detebe 20684

Die Unbekannten im eigenen Haus
Roman. Deutsch von Gerda Scheffel
detebe 20685

Der Ausbrecher
Roman. Deutsch von Erika Tophoven-Schöningh. detebe 20686

Wellenschlag
Roman. Deutsch von Eugen Helmlé
detebe 20687

Der Mann aus London
Roman. Deutsch von Stefanie Weiss
detebe 20813

Die Überlebenden der Télémaque
Roman. Deutsch von Hainer Kober
detebe 20814

Der Mann, der den Zügen nachsah
Roman. Deutsch von Walter Schürenberg
detebe 20815

Zum Weißen Roß
Roman. Deutsch von Trude Fein
detebe 20986

Der Tod des Auguste Mature
Roman. Deutsch von Anneliese Botond
detebe 20987

Die Fantome des Hutmachers
Roman. Deutsch von Eugen Helmlé
detebe 21001

Die Witwe Couderc
Roman. Deutsch von Hanns Grössel
detebe 21002

Schlußlichter
Roman. Deutsch von Stefanie Weiss
detebe 21010

Die schwarze Kugel
Roman. Deutsch von Renate Nickel
detebe 21011

Die Brüder Rico
Roman. Deutsch von Angela von Hagen
detebe 21020

Antoine und Julie
Roman. Deutsch von Eugen Helmlé
detebe 21047

Betty
Roman. Deutsch von Raymond Regh
detebe 21057

Die Tür
Roman. Deutsch von Linde Birk
detebe 21114

Der Neger
Roman. Deutsch von Linde Birk
detebe 21118

Das blaue Zimmer
Roman. Deutsch von Angela von Hagen
detebe 21121

Es gibt noch Haselnußsträucher
Roman. Deutsch von Angela von Hagen
detebe 21192

Der Bürgermeister von Furnes
Roman. Deutsch von Hanns Grössel
detebe 21209

Der Untermieter
Roman. Deutsch von Ralph Eue
detebe 21255

Das Testament Donadieu
Roman. Deutsch von Eugen Helmlé
detebe 21256

Die Leute gegenüber
Roman. Deutsch von Hans-Joachim Hartstein. detebe 21273

Weder ein noch aus
Roman. Deutsch von Elfriede Riegler
detebe 21304

Auf großer Fahrt
Roman. Deutsch von Angela von Hagen
detebe 21327

Der Bericht des Polizisten
Roman. Deutsch von Markus Jakob
detebe 21328

Die Zeit mit Anaïs
Roman. Deutsch von Ursula Vogel
detebe 21329

Der Passagier der Polarlys
Roman. Deutsch von Stefanie Weiss
detebe 21377

Die Katze
Roman. Deutsch von Angela von Hagen
detebe 21378

Die Schwarze von Panama
Roman. Deutsch von Ursula Vogel
detebe 21424

Das Gasthaus im Elsaß
Roman. Deutsch von Angela von Hagen
detebe 21425

Das Haus am Kanal
Roman. Deutsch von Ursula Vogel
detebe 21426

Der Zug
Roman. Deutsch von Trude Fein. detebe 21480

Striptease
Roman. Deutsch von Angela von Hagen
detebe 21481

45° im Schatten
Roman. Deutsch von Angela von Hagen
detebe 21482

Die Eisentreppe
Roman. Deutsch von Angela von Hagen
detebe 21557

Das Fenster der Rouets
Roman. Deutsch von Stefanie Weiss
detebe 21558

Die bösen Schwestern von Concarneau
Roman. Deutsch von Ingrid Altrichter
detebe 21559

Der Sohn Cardinaud
Roman. Deutsch von Linde Birk
detebe 21598

Der Zug aus Venedig
Roman. Deutsch von Liselotte Julius
detebe 21617

Weißer Mann mit Brille
Roman. Deutsch von Ursula Vogel
detebe 21635

Der Bananentourist
Roman. Deutsch von Barbara Heller
detebe 21679

Monsieur La Souris
Roman. Deutsch von Renate Heimbucher-Bengs. detebe 21681

Der Teddybär
Roman. Deutsch von Ingrid Altrichter
detebe 21682

Die Marie vom Hafen
Roman. Deutsch von Ursula Vogel
detebe 21683

Der reiche Mann
Roman. Deutsch von Stefanie Weiss
detebe 21753

»... die da dürstet«
Roman. Deutsch von Irène Kuhn
detebe 21773

Vor Gericht
Roman. Deutsch von Linde Birk. detebe 21786

Der Umzug
Roman. Deutsch von Barbara Heller
detebe 21797

Der fremde Vetter
Roman. Deutsch von Stefanie Weiss
detebe 21798

Das Begräbnis des Monsieur Bouvet
Roman. Deutsch von H.J. Solbrig
detebe 21799

Die schielende Marie
Roman. Deutsch von Eugen Helmlé
detebe 21800

Die Pitards
Roman. Deutsch von Ingrid Altrichter
detebe 21857

Das Gefängnis
Roman. Deutsch von Michael Mosblech

Malétras zieht Bilanz
Roman. Deutsch von Irmgard Perfahl
detebe 21893

Das Haus am Quai Notre-Dame
Roman. Deutsch von Eugen Helmlé
detebe 21894

Der Neue
Roman. Deutsch von Ingrid Altrichter
detebe 21895

Die Erbschleicher
Roman. Deutsch von Renate Heimbucher-Bengs. detebe 21938

Die Selbstmörder
Roman. Deutsch von Linde Birk. detebe 21939

Tante Jeanne
Roman. Deutsch von Inge Giese. detebe 21940

Der Rückfall
Roman. Deutsch von Ursula Vogel
detebe 21941

Am Maultierpaß
Roman. Deutsch von Michael Mosblech
detebe 21942

Der Glaskäfig
Roman. Deutsch von Stefanie Weiss
detebe 22403

Das Schicksal der Malous
Roman. Deutsch von Günter Seib
detebe 22404

Der Uhrmacher von Everton
Roman. Deutsch von Ursula Vogel
detebe 22405

Das zweite Leben
Roman. Deutsch von Ingrid Altrichter
detebe 22406

Der Erpresser
Roman. Deutsch von Linde Birk
detebe 22407

Die Flucht des Monsieur Monde
Roman. Deutsch von Barbara Heller
detebe 22408

● Maigret-Romane und -Erzählungen

Weihnachten mit Maigret
Zwei Romane und eine Erzählung. Leinen

Der Goldene Gelbe 88
Einmalige Sonderausgabe. Enthält folgende Romane: Maigret amüsiert sich / Mein Freund Maigret / Maigret und die junge Tote. Deutsch von Renate Nickel, Annerose Melter und Raymond Regh. detebe 21597

Maigrets erste Untersuchung
Roman. Deutsch von Roswitha Plancherel
detebe 20501

Maigret und Pietr der Lette
Roman. Deutsch von Wolfram Schäfer
detebe 20502

Maigret und die alte Dame
Roman. Deutsch von Renate Nickel
detebe 20503

Maigret und der Mann auf der Bank
Roman. Deutsch von Annerose Melter
detebe 20504

Maigret und der Minister
Roman. Deutsch von Annerose Melter
detebe 20505

Mein Freund Maigret
Roman. Deutsch von Annerose Melter
detebe 20506

Maigrets Memoiren
Roman. Deutsch von Roswitha Plancherel
detebe 20507

Maigret und die junge Tote
Roman. Deutsch von Raymond Regh
detebe 20508

Maigret amüsiert sich
Roman. Deutsch von Renate Nickel
detebe 20509

Hier irrt Maigret
Roman. Deutsch von Elfriede Riegler
detebe 20690

Maigret und der gelbe Hund
Roman. Deutsch von Raymond Regh
detebe 20691

Maigret vor dem Schwurgericht
Roman. Deutsch von Wolfram Schäfer
detebe 20692

Maigret als möblierter Herr
Roman. Deutsch von Wolfram Schäfer
detebe 20693

Madame Maigrets Freundin
Roman. Deutsch von Roswitha Plancherel
detebe 20713

Maigret kämpft um den Kopf eines Mannes
Roman. Deutsch von Roswitha Plancherel
detebe 20714

Maigret und die kopflose Leiche
Roman. Deutsch von Wolfram Schäfer
detebe 20715

Maigret und die widerspenstigen Zeugen
Roman. Deutsch von Wolfram Schäfer
detebe 20716

Maigret am Treffen der Neufundlandfahrer
Roman. Deutsch von Annerose Melter
detebe 20717

Maigret bei den Flamen
Roman. Deutsch von Claus Sprick
detebe 20718

Maigret und das Schattenspiel
Roman. Deutsch von Claus Sprick
detebe 20734

Maigret zögert
Roman. Deutsch von Annerose Melter
detebe 20757

Maigret und die Bohnenstange
Roman. Deutsch von Guy Montag
detebe 20808

Maigret und das Verbrechen in Holland
Roman. Deutsch von Renate Nickel
detebe 20809

Maigret und sein Toter
Roman. Deutsch von Elfriede Riegler
detebe 20810

Maigret beim Coroner
Roman. Deutsch von Wolfram Schäfer
detebe 20811

Maigret, Lognon und die Gangster
Roman. Deutsch von Wolfram Schäfer
detebe 20812

Maigret und der Gehängte von Saint-Pholien
Roman. Deutsch von Sibylle Powell
detebe 20816

Maigret und der verstorbene Monsieur Gallet
Roman. Deutsch von Roswitha Plancherel
detebe 20817

Maigret regt sich auf
Roman. Deutsch von Wolfram Schäfer
detebe 20820

Maigret und der Treidler der ›Providence‹
Roman. Deutsch von Claus Sprick
detebe 21029

Maigrets Nacht an der Kreuzung
Roman. Deutsch von Annerose Melter
detebe 21050

Maigret hat Angst
Roman. Deutsch von Elfriede Riegler
detebe 21062

Maigret gerät in Wut
Roman. Deutsch von Wolfram Schäfer
detebe 21113

Maigret verteidigt sich
Roman. Deutsch von Wolfram Schäfer
detebe 21117

Maigret erlebt eine Niederlage
Roman. Deutsch von Elfriede Riegler
detebe 21120

Maigret und der geheimnisvolle Kapitän
Roman. Deutsch von Annerose Melter
detebe 21180

Maigret und die alten Leute
Roman. Deutsch von Annerose Melter
detebe 21200

Maigret und das Dienstmädchen
Roman. Deutsch von Hainer Kober
detebe 21220

Maigret im Haus des Richters
Roman. Deutsch von Liselotte Julius
detebe 21238

Maigret und der Fall Nahour
Roman. Deutsch von Sibylle Powell
detebe 21250

Maigret und der Samstagsklient
Roman. Deutsch von Angelika Hildebrandt-Essig. detebe 21295

Maigret in New York
Roman. Deutsch von Bernhard Jolles
detebe 21308

Maigret und die Affäre Saint-Fiacre
Roman. Deutsch von Werner De Haas
detebe 21373

Maigret stellt eine Falle
Roman. Deutsch von Angela von Hagen
detebe 21374

Sechs neue Fälle für Maigret
Erzählungen. Deutsch von Elfriede Riegler
detebe 21375

Maigret in der Liberty Bar
Roman. Deutsch von Angela von Hagen
detebe 21376

Maigret und der Spion
Roman. Deutsch von Hainer Kober
detebe 21427

Maigret stellt eine Falle
Roman. Deutsch von Angela von Hagen
detebe 21374

Sechs neue Fälle für Maigret
Erzählungen. Deutsch von Elfriede Riegler
detebe 21375

Maigret in der Liberty Bar
Roman. Deutsch von Angela von Hagen
detebe 21376

Maigret und der Spion
Roman. Deutsch von Hainer Kober
detebe 21427

Maigret und die kleine Landkneipe
Roman. Deutsch von Bernhard Jolles und Heide Bideau. detebe 21428

Maigret und der Verrückte von Bergerac
Roman. Deutsch von Hainer Kober
detebe 21429

Maigret, die Tänzerin und die Gräfin
Roman. Deutsch von Hainer Kober
detebe 21484

Maigret macht Ferien
Roman. Deutsch von Markus Jakob
detebe 21485

Maigret und der hartnäckigste Gast der Welt
Sechs Fälle für Maigret. Deutsch von Linde Birk und Ingrid Altrichter. detebe 21486

Maigret verliert eine Verehrerin
Roman. Deutsch von Ingrid Altrichter
detebe 21521

Maigret in Nöten
Roman. Deutsch von Markus Jakob
detebe 21522

Maigret und sein Rivale
Roman. Deutsch von Ingrid Altrichter
detebe 21523

Maigret und die schrecklichen Kinder
Roman. Deutsch von Paul Celan
detebe 21574

Maigret und sein Jugendfreund
Roman. Deutsch von Markus Jakob
detebe 21575

Maigret und sein Revolver
Roman. Deutsch von Ingrid Altrichter
detebe 21576

Maigret auf Reisen
Roman. Deutsch von Ingrid Altrichter
detebe 21593

Maigret und die braven Leute
Roman. Deutsch von Ingrid Altrichter
detebe 21615

Maigret und der faule Dieb
Roman. Deutsch von Stefanie Weiss
detebe 21629

Maigret und die verrückte Witwe
Roman. Deutsch von Michael Mosblech
detebe 21680

Maigret und sein Neffe
Roman. Deutsch von Ingrid Altrichter
detebe 21684

Maigret und Stan der Killer
Vier Fälle für Maigret. Deutsch von Inge Giese und Eva Schönfeld. detebe 21741

Maigret und das Gespenst
Roman. Deutsch von Barbara Heller
detebe 21760

Maigret in Kur
Roman. Deutsch von Irène Kuhn
detebe 21770

Madame Maigrets Liebhaber
Vier Fälle für Maigret. Deutsch von Ingrid Altrichter, Inge Giese und Josef Winiger
detebe 21791

Maigret und der Clochard
Roman. Deutsch von Josef Winiger
detebe 21801

Maigret und Monsieur Charles
Roman. Deutsch von Renate Heimbucher-Bengs. detebe 21802

Maigret und der Spitzel
Roman. Deutsch von Inge Giese. detebe 21803

Maigret und der einsamste Mann der Welt
Roman. Deutsch von Ursula Vogel
detebe 21804

Maigret und der Messerstecher
Roman. Deutsch von Josef Winiger
detebe 21805

Maigret hat Skrupel
Roman. Deutsch von Ingrid Altrichter
detebe 21806

Maigret in Künstlerkreisen
Roman. Deutsch von Ursula Vogel
detebe 21871

Maigret und der Weinhändler
Roman. Deutsch von Hainer Kober
detebe 21872

● Erzählungen

Der kleine Doktor
Erzählungen. Deutsch von Hansjürgen Wille und Barbara Klau. detebe 21025

Emil und sein Schiff
Erzählungen. Deutsch von Angela von Hagen. detebe 21318

Die schwanzlosen Schweinchen
Erzählungen. Deutsch von Linde Birk
detebe 21284

Exotische Novellen
Deutsch von Annerose Melter. detebe 21285

Meistererzählungen
Deutsch von Wolfram Schäfer u.a.
detebe 21620

Die beiden Alten in Cherbourg
Erzählungen. Deutsch von Inge Giese und Reinhard Tiffert. detebe 21943

● Reportagen

Die Pfeife Kleopatras
Reportagen aus aller Welt. Deutsch von Guy Montag. detebe 21223

Zahltag in einer Bank
Reportagen aus Frankreich. Deutsch von Guy Montag. detebe 21224

● Biographisches

Intime Memoiren und Das Buch von Marie-Jo
Aus dem Französischen von Hans-Joachim Hartstein, Claus Sprick, Guy Montag und Linde Birk. detebe 21216

Stammbaum
Pedigree. Autobiographischer Roman
Deutsch von Hans-Joachim Hartstein
detebe 21217

Simenon auf der Couch
Fünf Ärzte verhören den Autor sieben Stunden lang. Deutsch von Irène Kuhn
Mit einer Bibliographie und Filmographie und 43 Abbildungen. detebe 21658

Außerdem liegen vor:

Stanley G. Eskin
Simenon
Eine Biographie. Mit zahlreichen bisher unveröffentlichten Fotos, Lebenschronik, Bibliographie, ausführlicher Filmographie, Anmerkungen, Namen- und Werkregister. Aus dem Amerikanischen von Michael Mosblech
Leinen

Über Simenon
Zeugnisse und Essays von Patricia Highsmith bis Alfred Andersch. Mit einem Interview, mit Chronik und Bibliographie. Herausgegeben von Claudia Schmölders und Christian Strich. detebe 20499

Das Simenon Lesebuch
Erzählungen, Reportagen, Erinnerungen
Herausgegeben von Daniel Keel
detebe 20500

Stanley G. Eskin

Simenon

Eine Biographie

Aus dem Amerikanischen
von Michael Mosblech

Stanley G. Eskins Biographie stützt sich auf Gespräche mit Simenon, mit Verwandten, Freunden, Verlegern des Autors sowie auf das riesige, erst bruchstückhaft erschlossene Material des Simenon-Archivs in Lüttich.

»Eskin erzählt so anschaulich, als habe er von dem Gegenstand seiner Studien die einfache, farbige, spannende Erzählweise gelernt.«
Frankfurter Allgemeine Zeitung

»Mit dem Index, den zahlreichen Anmerkungen, der vollständigen Bibliographie der Werke und der Verfilmungen wird dieser Band sicher die große umfassende Biographie des Schriftstellers werden. Eskin hält auch mit persönlichen Urteilen nicht zurück; sein Buch verdient daher Aufmerksamkeit und Hochachtung.«
Die Welt, Bonn

»Ich konnte nie glauben, daß Simenon wirklich existiert. Seine ungeheure Produktion, mein immer neues Staunen über die Vollkommenheit seiner Erzählungen, die psychologische Genauigkeit seiner unendlich vielen Figuren, die Eindrücklichkeit der Landschaftsbeschreibungen vermittelten mir stets das Bild eines hinreißenden Schriftstellers, das aber so ungreifbar und unbestimmt blieb wie etwa das Bild des Frühlings, des Meeres, das Bild von Weihnachten – Bilder, die man mit Vergnügen und unbewußtem Wohlbehagen in sich aufnimmt und erlebt, ohne daß sie imstande wären, die Begriffe in ihrer Dinghaftigkeit und Identität vollständig zu verkörpern.« *Federico Fellini*

»Mit Sicherheit das umfassendste Werk, das je über mich geschrieben wurde.« *Georges Simenon*

Die großen Erzähler der Weltliteratur im Diogenes Verlag

● Konstantin Paustowski
Meistererzählungen
Aus dem Russischen von Rebecca Candreia und Hans Luchsinger. Eine Auswahl aus den Bänden ›Das Sternbild der Jagdhunde‹ und ›Die Windrose‹. detebe 21956

● Luigi Pirandello
Meistererzählungen
Auswahl und Nachwort von Lisa Rüdiger. Aus dem Italienischen von Percy Eckstein, Hans Hinterhäuser und Lisa Rüdiger. detebe 21527

● Alexander S. Puschkin
Meistererzählungen
Aus dem Russischen von André Villard. Mit einem Fragment »Über Puschkin« von Maxim Gorki. detebe 21526

● Georges Simenon
Meistererzählungen
Aus dem Französischen von Wolfram Schäfer u.a. detebe 21620

● Henry Slesar
Meistererzählungen
Aus dem Amerikanischen von Thomas Schlück. detebe 21621

● Adalbert Stifter
Meistererzählungen
detebe 21609

● Rodolphe Toepffer
Meistererzählungen
Ausgewählt und aus dem Französischen von H. Graef. Mit einem Vorwort von Maurice Aubry. detebe 21505

● Leo Tolstoi
Meistererzählungen
Ausgewählt von Christian Strich. Aus dem Russischen von Arthur Luther, Erich Müller und August Scholz. detebe 21700

● B. Traven
Meistererzählungen
Ausgewählt von William Matheson
detebe 21887

● Iwan Turgenjew
Meistererzählungen
Herausgegeben und aus dem Russischen von Johannes von Guenther. detebe 21051